El extraño caso
del Dr. Jekyll y Mr. Hyde

Robert Louis Stevenson

SERIE ROJA

ALFAGUARA

Título original: *The Strange Case of Dr. Jekyll and Mr. Hyde*
Robert Louis Stevenson, 1886
De la traducción: 1994, Grupo Santillana de Ediciones S.A.
Torrelaguna 60, Madrid, España.

De esta edición:
ALFAGUARA

2008, Aguilar, Altea, Taurus, Alfaguara S.A.
Av. Leandro N. Alem 720 (C1001AAP) Ciudad de Buenos Aires

ISBN: 978-987-04-0923-6

Hecho el depósito que marca la Ley 11.723
Impreso en Argentina.
Printed in Argentina.
Primera edición: febrero de 2008

Prólogo: Marcelo Figueras
Estudio: Fernando Sorrentino
Adaptación de la traducción: Fabiana A. Sordi
Realización gráfica: Alejandra Mosconi

Una editorial del Grupo Santillana que edita en:
España • Argentina • Bolivia • Brasil • Colombia • Costa Rica • Chile
• Ecuador • El Salvador • EE.UU. • Guatemala • Honduras • México
• Panamá • Paraguay • Perú • Portugal • Puerto Rico • República
Dominicana • Uruguay • Venezuela

Stevenson, Robert Louis
   El extraño caso del Dr. Jekyll y Mr. Hyde. - 1a ed. - Buenos Aires : Aguilar,
Altea, Taurus, Alfaguara, 2008.
   144 p. ; 12x19 cm.

   ISBN 978-987-04-0923-6

   1. Literatura Juvenil Inglesa. 2. Relato de Misterio. I. Título
CDD 823

El extraño caso
del Dr. Jekyll y Mr. Hyde

Robert Louis Stevenson

Prólogo: **Marcelo Figueras**
Estudio: **Fernando Sorrentino**

SERIE ROJA

ALFAGUARA

[Prólogo]

Por Marcelo Figueras

Hubo un tiempo en que los escritores eran otra cosa. Heródoto viajó miles de kilómetros y conoció múltiples culturas antes de componer sus *Historias*. Miguel de Cervantes vio mundo como soldado, y sólo concibió el *Quijote* cuando lo metieron preso y no tuvo más remedio que quedarse quieto. Joseph Conrad se involucró en tráfico de armas y conspiraciones políticas antes de sentarse a escribir *Lord Jim*. Quiero decir: hubo un tiempo en que los escritores asumían que precisamente porque la vida era interesante, e intensa, e impredecible, valía la pena escribir sobre ella —aunque más no fuese para reinventarla mediante la imaginación—.

Con el correr de los siglos los libros se volvieron objetos de prestigio. Entonces aparecieron hombres que codiciaban la fama de los escritores, pero que no estaban dispuestos a cumplir con la condición de la aventura previa. Por desgracia, la difusión de esta idea de lo que supone ser un escritor terminó derramándose sobre los lectores. Desde entonces existe el prejuicio de que aquel a quien le gusta leer debe parecerse a ese tipo de gente, una criatura temerosa que prefiere encerrarse en su biblioteca a vivir. Y esto no es cierto. (No necesariamente, quiero decir.) Porque todavía existen infinidad de personas que no oponen la lectura a la vida, y que por ende leen con la mismas ganas de descubrirlo todo y de probarlo todo que impulsaron a Heródoto, a Cervantes, a Conrad.

Robert Louis Stevenson formó parte de esta cofradía, que podríamos llamar el Club de los Escritores que Vivieron Peligrosamente. Escapó por los pelos a un destino de abogado para viajar por el mundo, con la idea de dedicarse a la literatura una vez que hubiese obtenido experiencia vital y un estilo depurado. A pesar de su salud endeble, que le sugería la sensatez del sedentarismo, Stevenson escapó de su hogar desafiando a su padre, exploró el continente europeo y surcó el océano por amor, persiguiendo a una mujer casada de la que se había enamorado en París. Con el tiempo visitaría los Mares del Sur, instalándose en una isla del archipiélago samoano. Allí hizo tan buenas migas con los locales, que terminó enfrentando a las autoridades coloniales. "Yo solía pensar muy mal de los plomeros", escribió por aquel entonces a un amigo, "pero ahora los plomeros brillan en mi estima al lado de los políticos".

Los personajes de Stevenson son un eco del deseo de aventura que encendía su alma. La curiosidad lleva al joven Jim Hawkins a prestar oídos a una conversación entre piratas y a lanzarse al océano detrás del botín del célebre capitán Flint, en *La isla del tesoro*. Apenas un adolescente, David Balfour (apellido que, para más datos, era el de la madre de Stevenson) deja su casa después de la muerte de sus padres, sin saber que pronto será víctima de la codicia de su tío y correrá mil peligros en las páginas de *Raptado*. En *La flecha negra*, Dick Shelton se rebela contra su tutor, convencido de que es culpable de la muerte de su padre, y se suma a los rebeldes que se esconden en el bosque de Tunstall para obtener venganza.

Por supuesto, Stevenson sabía que nadie que se lanza a la aventura tiene el final feliz garantizado. A veces las cosas pueden terminar mal, como en *El extraño caso del Dr. Jekyll y Mr. Hyde*. Pero de todas formas sus personajes se arriesgan, porque esa osadía suya no se debe a capricho ni a irresponsabilidad, sino al deseo de encontrarse a sí mismos, de hallar su lugar en este mundo. En sus historias la aventura es física, sí, pero como manifestación exterior de una búsqueda espiritual. El premio es la plenitud del alma y una vida bien vivida. La posibilidad de obtener ambas cosas bien vale una temporada en el laberinto, aunque uno corra el peligro de fracasar o de perderse para siempre —como le ocurre al pobre Henry Jekyll—.

Aun cuando no hayan leído todavía *El extraño caso del Dr. Jekyll y Mr. Hyde*, seguramente conocen su historia. La narración toca una fibra del espíritu humano tan esencial, que su anécdota ha sido refritada una y mil veces. En cada dibujo animado en el cual alguien toma una poción y se transforma en otro. (Recuerdo uno en que Tweety se vuelve un pajarraco espantoso que persigue al gato Silvestre, cazador cazado.) En cada historieta o serie en las cuales un experimento tiene resultados indeseados. (Por ejemplo en *El increíble Hulk*. Y en sus variaciones comédicas, como *El profesor chiflado*.) También en las novelas y películas que hablan de las dicotomías del alma humana, con personajes cultos y refinados que se permiten las más grandes atrocidades (pienso, por ejemplo, en la saga de Hannibal Lecter concebida por Thomas Harris) o bien que se revelan víctimas de personalidades divididas. *El club de la pelea* —en este caso, tanto la novela de Chuck Palahniuk como la película de David Fincher— no es más que una adaptación del original de Stevenson a los tiempos y las obsesiones contemporáneas.

La historia perdura porque el dilema que plantea sigue vigente. ¿Qué pasaría si desoyésemos todas las convenciones —sociales, éticas, religiosas, legales— y nos dejásemos llevar por el costado más salvaje de nuestras personas? ¿Qué pasaría si nos dedicásemos por completo a la satisfacción de nuestros deseos, sin aceptar freno alguno por más destructivos (y autodestructivos) que nos pongamos? Es verdad que la Historia *after* Stevenson proporcionó no pocas respuestas sobre lo que pasa cuando alguien se deja llevar por su bestia interior: por ejemplo Hitler, sus émulos locales y también aquellos sobre los que seguimos leyendo en la sección internacional de los diarios. Es cierto además que la sociedad aprendió a abrir válvulas de escape para el salvajismo que todavía nos es innato: lo que va de la práctica del deporte a la industria del porno, del *pogo* en la arena del rock a los *piercings* en los sitios más dolorosos. Pero en esencia seguimos preguntándonos lo mismo, luchando contra el temor de que tanta civilización no sea más que un barniz, porque vemos cotidianamente que el mundo está lleno de gente a la que le salta la térmica (a algunos les salta de una forma muy elegante, pero no menos criminal) y acepta convertirse en una máquina de agresión contra todo lo que aparezca como *lo otro*: los de otras razas y religiones, los de otros sexos, los de otra clase social, los de otros países, los de otra altura u otra talla de ropa, los de otras culturas.

Stevenson se animó a visitar el corazón de las tinieblas como escritor, y regresó más sabio —pero no intacto—. En la tarde del 3 de diciembre de 1894, conversaba con su esposa Fanny (aquella mujer casada a la que al final ganó), cuando cayó al suelo de repente mientras se preguntaba: "¿Qué me está ocurriendo? ¿Qué es esto tan extraño? ¿Ha cambiado mi rostro?". Resulta tentador creer que en medio del ataque tuvo miedo de haberse convertido en Mr. Hyde. (El uso de la palabra *strangeness* remite de forma inevitable al "extraño" caso.) Y que por eso debe haber sentido alivio al comprender que tan sólo se trataba de la muerte, que cerraba su propia historia con un final feliz. Después de velarlo, los nativos de la isla en que vivía emprendieron camino hasta el monte Vaea para enterrar a aquel a quien llamaban *Tusitala* —esto es, el contador de historias— en un sitio con vista al mar al que tanto había amado.

Lo mejor que se le puede desear a quien se prepara a leer un libro es que su lectura lo inspire a vivir más intensamente. Como Stevenson.

I. Lo que ocurrió en una puerta

El abogado Utterson tenía un rostro surcado de arrugas que jamás se vio iluminado por una sonrisa; en el hablar era frío, corto de palabra, torpe, aunque hombre reacio al sentimiento; delgado, alto, descolorido y grave, no carecía de cierto atractivo. Cuando se hallaba entre amigos y el vino era de su gusto, resplandecía en su mirada algo que denotaba noble humanidad; algo que nunca llegaba a exteriorizarse en palabras, pero que hallaba expresión no solamente en aquellos símbolos silenciosos de su cara de sobremesa, sino con más frecuencia aún y más ruidosamente en los actos de su vida. Se conducía de un modo austero consigo mismo; como castigo por su afición a los buenos vinos añejos, bebía ginebra cuando estaba a solas; y, aunque disfrutaba mucho en el teatro, llevaba veinte años sin cruzar las puertas de ninguno. Sin embargo, era extraordinariamente tolerante con los demás; a veces sentía profunda admiración, casi envidia, por el ímpetu pasional que los arrastraba a sus malas acciones; y en los casos más extremos demostraba más inclinación a acudir en su ayuda que a censurar. La explicación que daba era bastante curiosa:

—Comparto la doctrina herética de Caín y dejo que mi hermano se vaya al demonio a gusto suyo.

En este aspecto le tocó con frecuencia ser el último amigo respetable y la última influencia sana en la vida de algunos hombres que se precipitaban hacia su ruina. Mientras personas como esas fueron a visitarlo a su casa jamás les dejó ver el más leve cambio en su trato con ellos.

Este modo de conducirse no le resultaba, desde luego, difícil a Mr. Utterson; porque era hombre sobremanera impasible y hasta en sus amistades se observaba una similar universalidad de simpatía.

Los hombres modestos se distinguen porque aceptan su círculo de amistades tal y como la ocasión se lo brinda; eso era lo que hacía nuestro abogado. Eran amigos suyos quienes tenían su misma sangre, o aquellas personas a las que conocía desde tiempo atrás; sus afectos, como la hiedra, crecían con los años, sin que ello demostrase méritos en las personas que eran objeto de su estima.

Esa era, sin duda, la explicación de la amistad que lo unía a Mr. Richard Enfield, pariente suyo lejano y persona muy conocida en Londres. Muchos no acertaban a explicarse qué podían ver aquellos hombres el uno en el otro y qué asuntos comunes de interés existían entre ambos. Según personas que se encontraban con ellos durante sus paseos dominicales, los dos paseantes no hablaban nada; tenían cara de aburrimiento y no ocultaban el alivio que les producía la aparición de algún otro amigo. A pesar de lo cual ambos concedían la mayor importancia a aquellas excursiones, las consideraban como el hecho más precioso de cada semana y no solo renunciaban a determinadas diversiones que se les ofrecían de cuando en cuando, sino que desatendían incluso negocios para no interrumpir su disfrute.

En uno de aquellos paseos quiso la casualidad que se metiesen por una calle lateral de un barrio de Londres de mucha actividad. La calle era pequeña y, como suele decirse, tranquila, a pesar de que en los días hábiles tenía gran movimiento comercial. Parecía que las personas que allí vivían prosperaban y que reinaba entre ellas un espíritu de optimismo, porque invertían el exceso de sus ganancias en coqueterías, hasta el punto de que todos los frentes de las casas de comercio incitaban a comprar, como filas de vendedoras sonrientes. Aun los domingos, cuando la cuadra cubría con un velo lo más florido de sus encantos y quedaba relativamente vacía de transeúntes, se destacaba de las desaseadas calles vecinas lo mismo que una hoguera de un bosque, y atraía instantáneamente la vista complacida del paseante con sus postigos recién pintados y una nota de limpieza y alegría general.

La línea de las fachadas quedaba rota, a dos puertas de la esquina del lado izquierdo conforme se iba hacia el este, por la entrada a una plazoleta interior, y en aquel punto se alzaba un edificio macizo de aspecto siniestro, que proyectaba el alero de su tejado triangular sobre la calle. Tenía dos plantas, pero no se veía en él ventana alguna; nada más que una puerta en la planta baja y un muro liso y descolorido en toda la parte superior. Todos los detalles daban a entender un prolongado y sórdido descuido en su conservación. La puerta, desprovista de aldaba y de timbre, tenía la pintura llena de ampollas y descolorida. Los vagabundos se metían en el hueco de la entrada y encendían fósforos frotándolos en los paneles de madera; los niños jugaban a las tiendas en sus escalones; los muchachos habían probado el filo de sus cortaplumas en las molduras, y nadie, en el transcurso de una generación, parecía haberse preocupado de alejar a aquellos visitantes intrusos ni de reparar los destrozos causados por ellos.

Enfield y el abogado caminaban por la acera de enfrente; pero, cuando cruzaban por delante de la casa en cuestión, el primero apuntó hacia ella con su bastón y preguntó:

—¿Te has fijado alguna vez en esa puerta?

Al contestarle el otro afirmativamente, agregó:

—Va unida en mis recuerdos a un hecho muy extraño.

—¡Ah!, ¿sí? —exclamó Utterson, con un ligero cambio en la inflexión de su voz—. ¿Cuál es?

—Verás —contestó Enfield—, el episodio ocurrió de este modo: yo regresaba a casa desde el otro extremo del mundo y tenía que cruzar por una parte de Londres en la que no había otra cosa que ver sino los faroles de gas encendidos. Crucé una calle y otra calle; todo el mundo dormía (una calle tras otra, y todas iluminadas como en una procesión, y todas tan desiertas como una iglesia). Llegué a un estado de ánimo parecido al del hombre que no hace sino aguzar el oído para percibir algún ruido y empieza a echar de menos la vista de un policía. De pronto, y simultáneamente, vi dos figuras: una, la de un hombrecito que caminaba a buen ritmo en dirección al este, y otra, la de una niña de ocho o diez años que venía corriendo a toda prisa por la acera de una calle perpendicular a la que seguía el hombre.

"En la esquina de las dos calles, de un modo muy casual, chocaron el hombre y la niña; y entonces empieza la parte horrible del asunto, porque el individuo pisoteó a la niña, que había caído al suelo, y siguió su camino, dejándola allí, llorando a gritos. El hecho contado no parece tener importancia, pero visto fue una escena infernal. No era aquella una actitud de hombre; el sujeto parecía más bien el implacable dios hindú Juggernaut. Dejé escapar un grito de alarma, eché a correr, agarré por el cuello al hombre y lo arrastré hasta el lugar en que se encontraba llorando la niña, rodeada ya de un pequeño grupo de personas. Demostró una completa impasibilidad y no ofreció resistencia; pero me dirigió una mirada tan horrible, que empecé a sudar copiosamente.

"Las personas que habían salido a la calle eran de la familia de la niña, y no tardó en comparecer un médico, al que habían ido a buscar. Según el médico, la niña no tenía nada, fuera del susto; de modo que el asunto habría debido terminar allí, ¿no es cierto? Pero ocurrió un detalle por demás curioso. Aquel individuo me había disgustado desde el primer instante en que le eché el ojo encima. Lo mismo le había ocurrido a la familia, lo cual resultaba muy lógico. Pero lo que me sorprendió fue la actitud del médico. Era uno de esos médicos-farmacéuticos, fríos y hechos a la rutina, sin edad ni color precisos, que hablaba con fuerte acento escocés y era tan sentimental como una gaita. Pues bien: le ocurrió lo mismo que a todos nosotros; yo me daba cuenta de que cada vez que el médico miraba a nuestro prisionero se demacraba y se ponía blanco, y era de las ganas que le entraban de matarlo. Yo estaba seguro de lo que él pensaba y él de lo que pensaba yo; pero, como no era cosa de matar, hicimos lo mejor posible, fuera de quitarle la vida. Le dijimos al individuo que su conducta daba pie para armar un escándalo y que lo armaríamos de tal magnitud que todo Londres, de un extremo a otro, maldijese su nombre. Nos comprometíamos a que, si era hombre de alguna reputación o tenía amigos, perdiese la una y los otros.

"Y, mientras nosotros le reprochábamos así, teníamos que apartar a las mujeres, que arremetían contra él como arpías. En mi vida he visto un círculo de caras que respirasen tanto odio. El individuo permanecía en el centro, con una impasibilidad repugnantemente desdeñosa (aunque asustado, eso lo veía yo), y aguantándolo todo como un verdadero satanás, sí, señor.

"—Si lo que buscan es sacar dinero de este accidente —dijo—, yo no puedo defenderme, desde luego. Basta ser un caballero para tratar de evitar un escándalo. Digan la cantidad.

"Pues bien: lo presionamos hasta sacarle cien libras para la familia de la niña; él mostraba evidentes deseos de escabullirse, pero en todos nosotros había seguramente algo que denotaba resolución clara de hacerlo sentir mal, y al fin se rindió. Solo quedaba ya que nos entregase el dinero. ¿A dónde te imaginas que nos llevó? Pues precisamente a ese edificio de la puerta. Sacó violentamente una llave del bolsillo, entró y poco después regresó con diez libras en monedas de oro y un cheque por el resto del Banco Coutts, pagadero al portador y firmado con un nombre que no puedo decir, aunque es ese uno de los detalles notables de mi relato; solo quiero que sepas que era un nombre muy conocido y que suele con frecuencia leerse en letras de molde. La suma era importante; pero la firma, si era auténtica, merecía aún más crédito que esa suma. Me tomé la libertad de dar a entender al individuo que aquello me olía a falsificación, pues no era corriente en la vida cotidiana que una persona entrase a las cuatro de la madrugada por la puerta de un sótano y volviese a salir con un cheque de casi cien libras esterlinas firmado por otra persona. Mis palabras no lo turbaron en modo alguno y me dijo en son de burla:

"—Tranquilícese. Me quedaré con ustedes hasta que se abra el banco y lo cobraré yo mismo.

"De modo, pues, que nos fuimos todos de allí: el médico, el padre de la niña, nuestro sujeto y yo; pasamos el resto de la noche en mi departamento; y ya de día, en cuanto hubimos desayunado, nos dirigimos en grupo al banco. Fui yo mismo quien entregó el cheque en la ventanilla, adelantándome a decir que creía que se trataba de una falsificación. Pues no, señor. El cheque era auténtico.

—¡No me digas! —exclamó Utterson.

—Veo que tu impresión es igual a la mía —dijo Enfield—. Sí, es un asunto feo. Nuestro hombre era un individuo con el que nadie habría querido tratos; era un auténtico canalla, mientras que la persona que había firmado el cheque era la flor de la honorabilidad, muy conocida además, y, lo que empeora aún más el caso, una de esas personas que, según dicen, se dedican a hacer el bien. Me imagino que se trata de un caso de extorsión; de un hombre honrado que paga, quiera o no, por algún resbalón de su juventud. Por eso yo llamo a ese edificio de la puerta la Casa de la Extorsión. Pero ni aun con eso queda explicado del todo el asunto.

Dicho esto, Enfield cayó en un acceso de ensimismamiento, del que lo sacó bruscamente Utterson, preguntándole:

—¿Y no sabes si el firmante del cheque vive ahí?

—¿Te parece una morada adecuada para él? —respondió Enfield—. Pero me fijé en su dirección; vive en otro lugar.

—¿Y jamás has hecho ninguna averiguación sobre... el edificio de la puerta? —dijo Utterson.

—No, señor; tuve escrúpulos —fue la contestación—. Soy muy reacio a hacer preguntas, porque esa actitud se parece demasiado a lo que ha de ser el Día del Juicio. Uno formula una pregunta y es lo mismo que empujar una piedra. Uno está tranquilamente sentado en lo más alto de una colina; la piedra echa a rodar y pone en movimiento a otras; y, de pronto, algún pobre diablo (en el que menos pensaste), que se encontraba en el jardín trasero de su casa, recibe la piedra en su cabeza, y la familia tiene que cambiar de estado social. No, señor; yo sigo esta norma: cuanto más sospechosa es la cosa, menos pregunto.

—Norma muy sabia —dijo el abogado.

—Lo que hice fue estudiar por mí mismo la casa —siguió diciendo Enfield—. Apenas si parece una vivienda. No tiene otra puerta que esta, pero nadie entra ni sale por ella, sino el individuo de mi aventura, y muy de tarde en tarde. Por el lado de la plazoleta, la casa tiene en el primer piso tres ventanas; ninguna en la planta baja; las ventanas se hallan siempre cerradas, pero están limpias.

Además de eso, la casa tiene una chimenea, que humea casi siempre, de modo que alguien vive ahí. Aunque, dicho sea en honor a la verdad, tampoco eso es muy seguro, porque las construcciones que dan a la plazoleta se hallan tan hacinadas que es difícil decir dónde empieza una y dónde acaba la otra.

Los dos hombres siguieron caminando en silencio durante algún tiempo; y de pronto Utterson insistió:

—Enfield, esa norma tuya es muy sabia.

—Eso creo —contestó el interpelado.

—A pesar de todo —siguió diciendo el abogado—, hay un punto sobre el que quiero interrogarte... ¿Cómo se llama el individuo que pisoteó a la niña?

—Bueno, no creo que con decirlo cause perjuicio a nadie. El individuo se llama Hyde.

—¡Ejem! —carraspeó Utterson—. ¿Qué aspecto tiene el sujeto?

—No es fácil describirlo. Hay en todo su aspecto algo siniestro que produce desagrado, algo que es completamente repugnante. Jamás he visto figura humana que me resultase tan repelente, pero no me sería fácil señalar la causa. Debe tratarse de alguna deformidad; sí, produce una sensación de cosa deforme, aunque tampoco podría decir en qué consiste. Es un hombre de aspecto extraordinariamente anormal, y sin embargo me vería en un apuro si tuviese que citar algún detalle fuera de lo corriente. No, señor; me es imposible poner nada en claro; me es imposible describirlo. Y no es porque se me haya borrado de la memoria, porque te aseguro que en este instante lo veo como si lo tuviese delante de mis ojos.

Utterson siguió caminando un buen trecho en silencio; era evidente que se hallaba bajo el peso de una preocupación. Por último, preguntó:

—¿Estás seguro de que utilizó una llave?

—Pero, querido amigo... —empezó a decir Enfield, fuera de sí por el asombro.

—Sí —dijo Utterson—. Ya sé que mi pregunta parece extraña. Y la verdad es que, si no te pregunto el nombre de la otra persona, es porque ya lo sé. Sí, Richard; tu relato ha dado con el interlocutor adecuado. Si acaso has dicho alguna inexactitud de detalle, sería mejor que la rectificases ahora.

—Deberías haberme advertido a tiempo —contestó Enfield, con muestras de ligero resentimiento—, pero la verdad es que me he expresado con demasiada exactitud. El individuo disponía de una llave; y más aún: la tiene todavía en su poder; no hace ni una semana que lo vi utilizarla.

Utterson dejó escapar un profundo suspiro, pero no dijo una palabra; el otro volvió a hablar poco después:

—Esto me servirá de lección. Estoy avergonzado de tener una lengua tan larga. Comprometámonos a no volver jamás sobre este asunto.

—De todo corazón —contestó el abogado—. Y con esto me despido, Richard.

II. En busca de Mr. Hyde

Utterson regresó aquella noche con un humor de perros a su casa de soltero y se sentó a cenar sin apetito. Tenía por costumbre los domingos sentarse junto al fuego después de cenar, con algún libro de áridos temas religiosos sobre su pupitre de lectura, hasta que el reloj de la iglesia cercana daba las doce, y entonces se acostaba con ánimo tranquilo y satisfecho. Pero esa noche, no bien levantaron la mesa, echó mano de una vela y entró en su despacho. Una vez allí, abrió la caja fuerte y sacó del sitio más profundo un documento que había dentro de un sobre rotulado TESTAMENTO DEL DR. JEKYLL; después se sentó con el ceño fruncido y se puso a estudiarlo.

Se trataba de un testamento ológrafo, porque, si bien Utterson se hizo cargo de él cuando estuvo hecho, no quiso intervenir para nada en su redacción. El testamento no se limitaba a disponer que, en el caso de fallecer Henry Jekyll, doctor en Medicina, doctor en Derecho, doctor en Leyes, miembro de la Real Academia, etcétera, pasasen todas sus propiedades a manos de su "amigo y bienhechor Edward Hyde", sino también que, "en caso de desaparición o ausencia inexplicada del Dr. Jeckyll por más de tres meses", el susodicho Mr. Hyde lo sucediera sin tardanza, libre de toda carga u obligación, excepto la de pagar algunas pequeñas cantidades a los empleados al servicio del doctor.

Hacía tiempo que este documento constituía la pesadilla del abogado. Le molestaba no solo en su carácter profesional, sino que, como hombre enamorado de las normas sanas y rutinarias de la vida, consideraba que en todo lo caprichoso había falta de modestia. Hasta esa noche, lo que excitaba su indignación era el hecho de no saber nada del tal Mr. Hyde; y ahora, de pronto, lo que lo indignaba era precisamente lo que sabía de él. El testamento era de por sí bastante malo cuando el Mr. Hyde no pasaba de ser solo un nombre, que nada le decía de la persona; pero el mal se agravaba conforme el nombre se iba revistiendo de atributos detestables; y al ver que, de entre las brumas movedizas e impalpables que durante mucho tiempo lo tenían desorientado, surgía de pronto el presentimiento bien definido de un ser malvado.

Volvió a poner el odioso documento en su lugar, exclamando:

—Creí que era una locura; ahora pienso que es una vergüenza.

A continuación apagó la vela, se abrigó con un grueso gabán y salió en dirección a Cavendish Square, reducto de la Medicina, donde su gran amigo, el Dr. Lanyon, tenía su residencia y recibía a sus numerosísimos pacientes. Utterson pensaba: "Si alguien está enterado, tiene que ser Lanyon".

El imponente mayordomo lo conocía y le dio la bienvenida; no tuvo que hacer antesala y fue conducido directamente al comedor. El Dr. Lanyon saboreaba a solas el vino. Era un caballero cordial, sano, rollizo, de tez colorada; tenía un mechón de cabello prematuramente blanco y un modo de actuar resuelto y ruidoso. Al ver a Utterson, saltó de su silla y salió a su encuentro con las manos extendidas. Su simpatía, aunque espontánea, tenía toques que parecían teatrales y, sin embargo, era genuina. Utterson y Lanyon eran viejos amigos, camaradas de escuela y de colegio, se respetaban a sí mismos y también mutuamente, y ambos disfrutaban cuando estaban juntos, lo que no es forzoso que ocurra a pesar de todo eso.

Después de una breve charla superficial, el abogado llevó la conversación al tema que le preocupaba y dijo:

—Me parece, Lanyon, que nosotros dos somos los amigos más antiguos de Henry Jekyll, ¿no es así?

—Antiguos y viejos..., lo que es una pena —contestó, riéndose entre dientes, el Dr. Lanyon—. Bien; pero ¿a qué viene la pregunta? Jekyll y yo nos vemos poco ahora.

—¿De veras? —exclamó Utterson—. Tenía entendido que seguían unidos por el lazo de unos intereses comunes a los dos.

—Así era —contestó el otro—. Pero hace ya más de diez años que Henry Jekyll empezó a resultarme demasiado extravagante. Comenzó a desviar su camino, en relación con su intelecto. Como es natural, sigo interesándome por su persona, por los tiempos pasados, pero la verdad es que nos tratamos poquísimo.

El doctor se sonrojó, tomó un color escarlata y agregó:

—Una jerigonza tan anticientífica como la suya habría sido capaz de enemistar a los mismísimos Damón y Pitias.

Este pequeño estallido de un sentimiento íntimo sirvió de alivio a Utterson, que pensó: "Por lo visto, se trata de alguna divergencia de tipo científico". Y, como no tenía en materia científica otro apasionamiento que el referente a la técnica de redactar escrituras, completó de este modo su pensamiento: "¡No se trata de nada peor que eso!". Dio tiempo a su amigo para que recobrase la serenidad y a continuación abordó las preguntas que lo habían traído allí:

—¿No has tratado alguna vez a un protegido suyo, a cierto Mr. Hyde?

—¿Hyde? —repitió Lanyon—. No. Jamás oí hablar de él en todos estos años.

Y esos fueron todos los datos que el abogado se llevó consigo al meterse en la cama, amplia y oscura, en la que se revolvió intranquilo hasta que las horas de la madrugada se convirtieron en horas del día. Fue una noche de poco descanso para su cerebro, que trabajaba y trabajaba en medio de la oscuridad, asaltado por toda clase de interrogantes.

Dieron las seis en el reloj de la iglesia que estaba situada exactamente junto a la casa de Utterson, y aún seguía este profundizando en el problema. Hasta aquel momento solo había utilizado su intelecto para pensar en el tema; pero no tardó en emplear también su imaginación o, mejor dicho, no tardó esta en verse esclavizada; mientras yacía y se revolvía en la espesa oscuridad de la noche y de la habitación cerrada entre cortinas, pasó por delante de su fantasía como una sucesión de imágenes el relato de Enfield. Veía el panorama nocturno de la gran ciudad con los faroles encendidos; luego la figura de un hombre que caminaba con paso rápido; después la de una niña que venía corriendo desde la casa del doctor; más tarde el choque de ambos y cómo aquel hombre cruel e impasible pisoteaba a la niña y seguía adelante sin preocuparse de sus gritos. Otras veces veía una habitación en una casa lujosa y en ella, dormido, a su amigo, soñando cosas que le hacían asomar la sonrisa a los labios; se abría de pronto la puerta, alguien descorría de un tirón las cortinas de la cama, despertaba al dormido ¡y he aquí que aparecía a su lado la figura de un hombre que ejercía poder sobre él, hasta el punto de obligarlo a levantarse a tales horas de la noche y hacer lo que le indicaba! La presencia de aquella figura en ambos cuadros persiguió al abogado durante toda la noche; y, si alguna vez se amodorraba, era para ver cómo aquel hombre penetraba subrepticiamente en casas dormidas, cómo avanzaba con rapidez cada vez mayor, con rapidez casi vertiginosa, por los laberintos cada vez más anchos de una ciudad llena de faroles encendidos y cómo en cada esquina aplastaba a una niña y la dejaba llorando a gritos. Pero la figura seguía sin tener un rostro que le sirviese para reconocerla; hasta en sueños carecía de rostro y, cuando lo tenía, era para desorientarlo aún más, porque se diluía delante de sus ojos. Todo ello hizo que surgiese y creciese rápidamente en el alma del abogado una curiosidad fortísima, casi frenética, de verle la cara al auténtico Mr. Hyde. Si pudiese ponerle los ojos encima una sola vez, quizás el misterio se aclararía, o incluso desaparecería, al igual que suele ocurrir con las cosas misteriosas cuando uno las examina atentamente. Acaso entonces vería una razón que le explicase aquella extraña preferencia o esclavitud (por llamarla de alguna manera) de su amigo y hasta las sorprendentes cláusulas de su testamento. En todo caso, era una cara que merecía verse: la cara de un hombre sin entrañas; una cara que con solo mostrarse levantaba un sentimiento de odio decisivo en el alma del impasible Enfield.

Desde aquel día, Utterson comenzó a frecuentar la calle de las tiendas. Por la mañana, antes de las horas de oficina; al mediodía, cuando el trabajo era mucho y el tiempo escaso; por la noche, bajo el rostro brumoso de la luna ciudadana; con todas las luces y a todas horas, en las de soledad y en las concurridas, allí podía verse al abogado en el lugar elegido para montar la guardia.

"Jugaremos al escondite", pensó, "para estar a tono con su nombre de Hyde".[1]

Su paciencia fue finalmente recompensada. Era una noche hermosa y seca; el aire, helado; las calles, tan limpias como el suelo de un salón de baile; ni el más leve soplo movía la llama de las lámparas, que trazaban un dibujo exacto de luz y de sombra. A eso de las diez de la noche, con las tiendas ya cerradas, la calle

---

[1] Juego de palabras entre los parónimos *Hyde* y *hide*, que significa "esconderse".

estaba muy solitaria y, a pesar de que la envolvía por todas partes el sordo murmullo de Londres, se hallaba también muy silenciosa. Los ruidos más tenues se oían desde lejos; a uno y otro lado de la calzada se percibían con toda claridad los ruidos de la vida doméstica que salían de las casas; el rumor de los pasos ajenos se oía desde una gran distancia. No llevaba Utterson más que algunos minutos en su puesto de observación cuando percibió el paso ligero de alguien que se acercaba. Ya se había acostumbrado hacía tiempo, en el transcurso de sus rondas nocturnas, al efecto curioso que producen los pasos de una persona que está todavía muy lejos, cuando resuenan de pronto con toda claridad, destacándose del inmenso murmullo o estrépito de la ciudad. Pero nunca hasta entonces se había visto su atención atraída de un modo tan brusco y absoluto. Al meterse por el callejón que conducía al patio o plazoleta interior, lo hizo con una seguridad firme y supersticiosa en su éxito.

Los pasos se acercaron rápidamente y de pronto su sonido aumentó, al doblar el caminante la esquina de la calle. El abogado, mirando desde la entrada del patio, no tardó en ver la clase de hombre con quien tenía que enfrentarse. Era pequeño, vestía con mucha sencillez, y su aspecto, aun a aquella distancia, producía una sensación de contrariedad a quien lo miraba. Cruzando la calzada, se dirigió en línea recta hacia la puerta; y, conforme caminaba, iba sacando una llave del bolsillo, como persona que está cerca de su casa.

Al pasar por su lado, Utterson se adelantó y lo tocó en el hombro, diciéndole:

—Es usted Mr. Hyde, ¿no es así?

Mr. Hyde se echó atrás y aspiró súbita y ruidosamente, pero su miedo fue solo momentáneo. No miró al abogado a la cara y le respondió con bastante frialdad:

—Ese es mi nombre. ¿Qué desea?

—Observo que va a entrar en la casa —contestó el abogado—. Soy un viejo amigo del Dr. Jekyll..., soy Mr. Utterson, de Gaunt Street. Seguramente habrá oído hablar de mí y, puesto que tan a tiempo lo encuentro, pensé que no tendría inconveniente en que pase yo también.

—No encontrará al Dr. Jekyll. Se halla fuera de casa —contestó Mr. Hyde, metiendo la llave en la cerradura.

Luego preguntó bruscamente, aunque sin mirarlo a la cara:

—¿Cómo sabe usted quién soy?

—Y usted, por su parte —dijo Utterson—, ¿me haría un favor?

—Bueno —contestó el otro—. ¿De qué se trata?

—¿Quiere dejarme ver su cara?

Mr. Hyde pareció titubear; luego, como obedeciendo a un pensamiento súbito, se volvió hacia Utterson con aire de desafío. Ambos quedaron mirándose el uno al otro con fijeza por espacio de algunos segundos, hasta que Utterson dijo:

—Así podré reconocerlo si llega el caso. Quizá resulte útil.

—Sí —contestó Mr. Hyde—, está bien que nos hayamos encontrado. A propósito, quiero que tenga mi dirección.

Le dio un número de una calle del barrio del Soho.

Utterson pensó: "¡Santo Dios! ¿Es posible que también él haya estado pensando en el testamento?".

Sin embargo, se guardó para sí sus sentimientos y no hizo sino dar las gracias de mal modo.

—Dígame ahora: ¿cómo me reconoció?

—Me habían descripto cómo era.

—¿Quién?

—Tenemos amigos comunes —dijo Utterson.

—¡Amigos comunes! —repitió Mr. Hyde con voz algo áspera—. ¿Quiénes son?

—Por de pronto, Jekyll —dijo el abogado.

—Él no le habló nunca de mí —exclamó el señor Hyde, encolerizado—. Nunca pensé que fuese usted capaz de mentir.

—¡Oiga! —dijo Utterson—, está usando un lenguaje impropio del caso.

El otro dejó escapar una risa ruidosa que parecía un ladrido; un instante después, y con extraordinaria celeridad, había abierto la puerta y desaparecido dentro de la casa.

Al quedar solo, el abogado permaneció unos momentos con expresión en la que se retrataba la inquietud. Después empezó a caminar lentamente calle arriba; daba uno o dos pasos y se detenía, llevándose la mano a la frente como hombre que se halla en un estado de perplejidad. El problema que debatía consigo mismo mientras caminaba era de una clase que rara vez encuentra solución. Mr. Hyde era pálido y menudo, producía una impresión de persona deforme, sin que pudiese señalársele una deformidad específica; su sonrisa era odiosa; se había conducido con el abogado con una mezcla de timidez y de audacia que transparentaba intenciones asesinas, y hablaba con voz ronca, siseante y como quebrada... Todos estos eran datos contra él; pero ni aun todos juntos bastaban para explicar la repugnancia, el asco y el temor con que lo miraba Utterson, que muy perplejo se decía: "Algo más debe haber; algo a lo que yo no le encuentro nombre. ¡Santo cielo, apenas da la impresión de un ser humano! Tiene un no sé qué de troglodita, por decirlo de alguna manera, si es que no se trata de aquella vieja historia del Dr. Fell. ¿No será quizá que la maldad del alma irradia hacia el exterior, traspasando y transfigurando la arcilla en que está encerrada? Debe ser esto último. ¡Sí, mi pobre y viejo amigo Henry Jekyll, si en algún rostro he visto yo la firma de Satanás, es en el de tu nuevo amigo!".

Doblando la esquina de la calle lateral había una plaza rodeada de bellas casas antiguas que en su mayor parte habían perdido su añejo esplendor y se alquilaban por pisos y por departamentos a personas de todas las clases sociales; había allí grabadores de mapas, arquitectos, oscuros abogados y agentes de empresas poco conocidas. Pero una de las casas, la segunda desde la esquina, seguía ocupada por un solo habitante; a la puerta de esa casa, que daba la impresión de lujo y comodidad, a pesar de hallarse entonces sumida en la oscuridad, con excepción de la vidriera de la parte superior de la puerta, se detuvo Utterson y llamó. Le abrió la puerta un criado anciano y bien vestido. El abogado le preguntó:

—¿Está en casa el Dr. Jekyll, Poole?

—Voy a ver —contestó el criado, haciendo pasar al visitante a un vestíbulo amplio, de techo bajo, cómodo y caldeado, a la usanza de las casas de campo, por un fuego brillante que ardía en el hogar. El rico mobiliario era de roble.

—¿Quiere esperar junto al fuego, señor? ¿O prefiere que le encienda luz en el comedor?

—Me quedaré aquí, gracias —dijo el abogado y se apoyó en la repisa de la chimenea.

El vestíbulo en el que el abogado había quedado solo constituía el mayor orgullo de su amigo, y el mismo Utterson se sentía inclinado a calificarlo como la habitación más agradable de Londres. Pero esa noche la sangre corría estremecida por las venas del abogado; pesaba sobre su memoria como una roca la cara de Hyde; sentía (cosa rara en él) náuseas y aborrecimiento de la vida; la lobreguez de su estado de ánimo le hizo ver amenazas en los reflejos movedizos que la llama del hogar formaba sobre la superficie lustrosa de los armarios y en los saltos de la sombra sobre el techo. Se avergonzó del alivio que experimentó cuando al poco rato volvió Poole para anunciarle que el Dr. Jekyll había salido; y dijo al criado:

—Vi entrar a Mr. Hyde por la puerta del antiguo departamento de disección. ¿Es eso normal, dándose como ahora el caso de que el Dr. Jekyll se encuentra ausente?

—Perfectamente normal, Mr. Utterson —contestó el criado—. Mr. Hyde tiene una llave.

—Por lo que veo, Poole, su patrón tiene puesta una gran confianza en ese joven —siguió indagando el abogado con aire meditabundo.

—Sí, señor, muy grande, hasta el punto de que tenemos todos nosotros orden de obedecerlo.

—Yo no recuerdo haberme encontrado aquí con Mr. Hyde —dijo Utterson.

—¡Naturalmente que no! Mr. Hyde no cena nunca en esta casa —contestó el mayordomo—. A decir verdad, lo vemos muy poco por esta parte del edificio. Casi siempre entra y sale por el laboratorio.

—Bien, Poole. ¡Buenas noches!

—¡Buenas noches, Mr. Utterson!

El abogado se puso en camino hacia su casa con el corazón oprimido e iba pensando: "Tengo el presentimiento de que el pobre Henry Jekyll se halla en un trance difícil. De joven fue algo alocado; hace ya de eso mucho, muchísimo tiempo; pero en las normas divinas no hay limitaciones de plazos. Con seguridad que se trata de eso, del fantasma de algún pecado antiguo, del cáncer de alguna oculta vergüenza; el castigo ha llegado con paso lento muchos años después, cuando ya el hecho se ha borrado de la memoria y el egoísmo ha dado por liquidada la falta".

Este pensamiento no dejó de sobresaltar a Utterson; meditó algún rato en su propio pasado, tanteando en todos los recovecos del recuerdo, temeroso de que surgiese de pronto allí alguna sorpresa como muñeco movido por un resorte. Pero el pasado de Utterson podía calificarse de intachable; pocos hombres habrían podido leer con menos recelo el expediente de su vida; sin embargo, se sintió muy humillado por las muchas faltas en que había incurrido; aunque luego se reanimó y sintió un temeroso agradecimiento por las otras tantas que había estado a punto de cometer, pero que había conseguido evitar. Por último, volviendo al tema anterior de sus meditaciones, tuvo un destello de esperanza. Y pensó: "También este mozo Hyde, si se examina su vida, ha de tener sus secretos; serán, desde luego, a juzgar por su aspecto, secretos tenebrosos, en cuya comparación los peores del pobre Jekyll vendrán a ser como rayos de luz. Las cosas no pueden seguir como hasta ahora. Me entran escalofríos al pensar que ese individuo puede llegar subrepticiamente como un ladrón hasta la cama en que duerme Henry. ¡Pobre Henry, qué despertar el suyo! ¡Y qué peligro! Porque si este Hyde sospecha de la existencia del testamento, quizá se impaciente por heredarlo. Tendré que intervenir..., si es que Jekyll me lo permite..., eso es; si es que Jekyll me lo permite".

Y una vez más vio con los ojos de su imaginación, con tanta claridad como un objeto transparente, las extrañas cláusulas del testamento.

III. El Dr. Jekyll vivía muy despreocupado

Quiso la buena suerte que el doctor diese quince días más tarde una de las agradables cenas con que acostumbraba obsequiar a cinco o seis íntimos, hombres, todos ellos, inteligentes y de prestigio, además de expertos catadores de buenos vinos; y Utterson se las arregló para quedarse después de que los demás se retiraron. Esto no constituía una novedad, porque ya había ocurrido veintenas de veces. Allí donde Utterson era apreciado, los afectos que despertaba eran vivos. Los anfitriones gustaban de retener en su compañía a aquel abogado escueto de palabras, cuando ya los hombres alegres y dicharacheros tenían puesto el pie en el umbral; después del esfuerzo y desgaste producido por el pasado regocijo, les agradaba permanecer un rato en su discreta compañía, practicando la soledad, apagando la excitación de su alma en el expresivo silencio de Utterson. El Dr. Jekyll no constituía una excepción de aquella regla; sentado a la vera del fuego, al otro lado de la chimenea, robusto, bien formado, sin arrugas en la cara a pesar de sus cincuenta años, con todas las señales de un hombre inteligente y bondadoso, la expresión de su rostro decía a las claras que sentía por Utterson un afecto sincero y cordial.

—Hace días que deseaba hablarte, Jekyll —empezó a decir el abogado—. Es a propósito de tu testamento, ¿lo recuerdas?

Un observador atento quizás habría descubierto que era aquel un tema desagradable; pero el doctor lo trató alegremente, contestando:

—Mi pobre Utterson, es una desgracia para ti tener un cliente como yo. Jamás he visto pasar a un hombre tantos apuros como tú has pasado con mi testamento, con excepción de los que le hice pasar a ese pedante de miras estrechas que se llama Lanyon con las que él llama mis herejías científicas. Sí, ya sé que es un buen hombre..., no hace falta que frunzas el ceño; pero no por eso deja de ser un pedante obstinado, ignorante y vocinglero. Es el hombre que más me ha decepcionado en mi vida.

—Sabes que jamás estuve conforme con ese testamento —siguió diciendo Utterson, dejando implacablemente a un lado el nuevo tema.

—¿Mi testamento? Sí, ya lo sé; ya me lo dijiste —contestó el doctor con un poco de aspereza.

—Pues ahora te lo repito —prosiguió el abogado—. He hecho algunas averiguaciones acerca del joven Hyde.

El rostro ancho y bello del Dr. Jekyll palideció hasta los labios y sus ojos se ensombrecieron al decir:

—No me interesa oír más sobre el tema. Es un asunto que habíamos convenido en no tocar.

—Lo que me han dicho es horrendo —insistió Utterson.

—En nada puede cambiar las cosas. No pareces comprender mi situación —replicó el doctor, con cierta incoherencia—. Es dolorosa, Utterson; es una situación muy extraña..., muy extraña. Es uno de esos asuntos que no se arreglan discutiendo sobre ellos.

—Jekyll —dijo Utterson—, tú me conoces, te consta que soy un hombre en quien se puede confiar. Confía en mí. No me cabe la menor duda de que podré sacarte del atolladero.

—Mi buen Utterson —contestó el doctor—, tu actitud es admirable, sencillamente admirable, y no encuentro palabras para darte las gracias. Te creo plenamente; me confiaría a ti antes que a nadie en el mundo, antes que a mí mismo, si pudiera elegir; pero te aseguro que no se trata de lo que imaginas; el asunto no llega a tanto; y te voy a decir una cosa con el exclusivo objeto de tranquilizar tu buen corazón, agregando unas palabras que, estoy seguro, sabrás tomar en buen sentido: Utterson, se trata de un asunto privado y te suplico que no intervengas en él.

Utterson, con la vista puesta en el fuego, reflexionó un poco y acabó por levantarse, diciendo:

—No me cabe duda de que tienes una buena razón para obrar así.

—Bien —siguió diciendo el doctor—, puesto que hemos tocado este asunto, desearía hacerte comprender una cosa. Es cierto que me intereso muchísimo por el pobre Hyde. Estoy enterado de su encuentro contigo, me lo contó él mismo. Sospecho que se mostró áspero. Pero mi interés por ese joven es grande, grandísimo y muy sincero. Deseo, Utterson, que me prometas que sabrás soportarlo y harás que adquiera sus derechos. Creo que, si estuvieses al corriente de todo, lo harías; y, si me lo prometieses, me quitarías con ello un gran peso de encima.

—Me es imposible afirmar que yo pueda apreciar jamás a ese hombre —dijo el abogado.

—No te pido eso —dijo Jekyll suplicante, apoyando su mano en el brazo de Utterson—. Lo único que pido es justicia; lo único que pido es que, cuando yo falte, lo ayudes a él en obsequio mío.

Utterson no pudo reprimir un suspiro y exclamó:

—Así será; lo prometo.

IV. El asesinato de Carew

Casi un año después de los hechos anteriores, en el mes de octubre del año 18..., Londres se sobresaltó al enterarse de un crimen de extraordinaria ferocidad y que llamó aún más la atención por la posición elevada que ocupaba la víctima. Los detalles que se poseían eran pocos y sorprendentes.

Cierta criada, que vivía sola en una casa situada no lejos del río, se dirigió al piso de arriba a eso de las once para acostarse. Aunque en las horas de la madrugada se extendió la niebla por la ciudad, la primera parte de la noche había sido serena y sin nubes, y una luna llena iluminaba brillantemente el camino, sobre el que daba la ventana del cuarto de dicha criada. Parece que esta era dada a lo romántico, porque se sentó encima de un baúl que tenía al lado de la ventana y permaneció allí, absorta en sus ensueños. Al narrar el hecho cubierta de lágrimas, aseguraba que jamás se había sentido más en paz con los hombres, ni había pensado en el mundo con espíritu más cariñoso. Estando así sentada, se dio cuenta de que por el camino se acercaba un apuesto caballero entrado en años y que, en sentido contrario al suyo, venía un caballero de corta estatura y al que ella apenas prestó atención al principio.

Cuando ambos caballeros se acercaron lo suficiente para dirigirse la palabra —y esto ocurrió precisamente bajo los ojos de la mujer—, el anciano hizo una inclinación y se aproximó al otro con muestras de la más cuidada cortesía. No parecía que lo que le preguntaba fuese cosa de importancia; a juzgar por la manera que tuvo varias veces de señalar, se habría dicho que le pedía que lo orientara en su camino. La luna le daba en la cara y la criada lo contemplaba con un sentimiento de placer; aquellas facciones parecían respirar inocencia y una amabilidad de tiempos antiguos, pero también denotaban la elevación propia de quien tiene razones para sentirse satisfecho de sí mismo.

Poco después, la criada se fijó en el otro personaje y quedó sorprendida al reconocer a cierto Mr. Hyde, que había hecho en determinada ocasión una visita a su patrón y por el que ella había concebido un sentimiento de repulsión. Este personaje empuñaba un pesado bastón y jugueteaba con él; no contestó una sola palabra y daba señales de estar escuchando con impaciencia lo que el otro le decía. Pero de pronto estalló en un arrebato de ira, golpeando el suelo con el pie, blandió el bastón y se condujo —según la criada— como un loco. El caballero anciano retrocedió un paso, con el aspecto de una persona muy sorprendida y algo molesta, y entonces Mr. Hyde perdió los estribos y lo apaleó hasta tirarlo al suelo. Acto seguido, con la furia de un mono enloquecido, pateó a la víctima en el piso y descargó sobre ella una avalancha de golpes;

eran tan violentos que se oían los crujidos de los huesos al romperse y el cuerpo saltaba de un lado al otro del camino. Horrorizada con lo que estaba viendo y oyendo, la mujer se desmayó.

Eran las dos de la mañana cuando volvió en sí y pidió socorro a la policía. Hacía largo rato que el asesino había desaparecido, pero la víctima seguía allí, en mitad del camino, increíblemente destrozada. El bastón con el que había consumado el hecho era de una madera rara, muy dura y pesada, y a pesar de eso se había roto por el medio, a causa de la violencia a que lo había sometido aquella insensata crueldad; una de las mitades, astillada, había rodado hasta la alcantarilla; la otra se la había llevado seguramente el asesino en su huida. Se le encontraron a la víctima un monedero y un reloj de oro; no tenía encima tarjetas, ni más papeles que un sobre sellado y franqueado que llevaba probablemente al correo y sobre el cual se leía la dirección de Mr. Utterson.

Este sobre fue llevado a la mañana siguiente al abogado, cuando todavía estaba en la cama; apenas lo vio y apenas le contaron las circunstancias del caso, Utterson exclamó solemnemente:

—No diré una sola palabra hasta que haya visto el cadáver; este asunto podría tener consecuencias muy graves. Tengan la amabilidad de esperar mientras me visto.

La seriedad de su expresión no cedió un instante mientras desayunaba precipitadamente y se dirigía en coche a la comisaría a la que había sido llevado el cadáver. No bien entró en el cuarto donde yacía el cuerpo, hizo una señal afirmativa con la cabeza y dijo:

—Sí, lo reconozco. Mucho me duele decir que el muerto es sir Danvers Carew.

—¡Santo Dios, señor mío! ¿Es posible? —exclamó el oficial de policía; e inmediatamente sus ojos se iluminaron con un acceso de ambición profesional—. Esto va a provocar un escándalo y quizás usted nos pueda ayudar a dar con el criminal.

Le contó brevemente cuanto había dicho la criada y le mostró el trozo roto del bastón.

Al oír el nombre de Hyde, Utterson había sentido un encogimiento de miedo, pero cuando le mostraron el bastón ya no pudo dudar: aunque estaba roto y lleno de golpes, lo identificó como uno que años atrás él mismo le había regalado a Henry Jekyll.

—¿Es Mr. Hyde un individuo de baja estatura? —preguntó.

—De estatura singularmente pequeña y de aspecto singularmente malvado, eso es lo que dice la mujer —contestó el oficial.

Utterson meditó, luego alzó la cabeza y dijo:

—Si quiere subir a mi coche, creo que podré llevarlo a su domicilio.

Serían para entonces las nueve de la mañana y Londres estaba envuelto en la primera niebla espesa de la estación. Se extendía por el cielo una inmensa cortina de color chocolate, pero el viento cargaba sobre aquellos vapores formados en orden de batalla y los destrozaba. Por eso Utterson pudo observar, mientras el carruaje avanzaba a paso lento por las calles, una maravillosa sucesión de matices y tonalidades de luz: aquí reinaba una oscuridad propia de noche cerrada;

allí, una luminosidad vivísima, intensa, como el estallido de un incendio; más allá la niebla quedaba un instante desgarrada y entre los remolinos penetraba bruscamente, como un dardo, la luz temerosa del día. El triste barrio del Soho, visto ahora por el abogado con aquella luz cambiante, con sus calles fangosas, sus transeúntes desaseados y sus faroles, que no habían sido apagados, o habían sido encendidos de nuevo para hacer frente a aquella invasión de tinieblas, se le representaba como un distrito de alguna ciudad de pesadilla. También sus pensamientos eran lóbregos; y, cuando ponía los ojos en la otra persona que ahora iba en su coche, sentía como si lo invadiese el terror a la ley y a sus funcionarios, que asaltaba a veces aun a las personas más honradas.

Cuando el cochero se detuvo delante de la casa cuya dirección le habían dado, la niebla se levantó un poco y el abogado vio una calle sucia, una taberna, un mísero restaurante francés, una tienda en que se vendía infinidad de cosas a un penique y ensaladas a dos peniques, muchos niños harapientos amontonados en los quicios de las puertas y muchas mujeres de distintas nacionalidades que iban y venían con la llave en la mano para tomarse el vaso de la mañana; pero a los pocos instantes la niebla volvió a cerrarse sobre aquel escenario, cubriéndolo de un velo tan marrón como la tierra umbría, y dejándolo aislado de aquellos alrededores miserables.

Allí tenía su domicilio el favorito de Henry Jekyll; allí tenía su domicilio un hombre que había de heredar un cuarto de millón de libras esterlinas.

Una vieja de cara amarillenta y cabellos de plata les abrió la puerta. Su rostro expresaba maldad difuminada por la hipocresía, pero sus maneras fueron completamente correctas. Contestó que sí, que aquella era la casa de Mr. Hyde, pero que no se encontraba en ella; había llegado a una hora muy avanzada de la noche, pero había vuelto a salir antes de que transcurriese una hora, cosa que no tenía nada de particular porque era hombre de costumbres muy irregulares y se ausentaba de casa con mucha frecuencia; por ejemplo, llevaba casi dos meses sin verlo hasta la noche anterior.

—Perfectamente; en ese caso deseamos examinar sus habitaciones —empezó a decir el abogado y, al oírle decir a la mujer que aquello era imposible, agregó—: será mejor que le diga que este señor que me acompaña es el inspector Newcomen, de Scotland Yard.

—¡Vaya! Se ha metido en líos, ¿verdad? ¿Qué es lo que ha hecho?

Utterson y el policía cambiaron una mirada, y este dijo:

—Por lo que veo, no goza de grandes simpatías. Y ahora, mi buena señora, permita que este caballero y yo echemos un vistazo a la casa.

Mr. Hyde solamente había hecho uso de dos habitaciones en toda la casa y por lo visto no se encontraba en ella nadie más que la anciana.

Había una despensa llena de vinos; la vajilla era de plata; la mantelería, elegante; colgaba de la pared un bello cuadro, que Utterson supuso que sería un regalo de Henry Jekyll, bastante entendido en cuestiones de pintura; las alfombras eran muy tupidas y de colores armoniosos. Sin embargo, en aquel momento las habitaciones mostraban claras señales de haber sido revueltas hacía poco y precipitadamente; se veían por el suelo prendas de vestir con los bolsillos vueltos hacia fuera; cajones que se cerraban con llave estaban ahora abiertos de par en par; había en el hogar un montón de cenizas grises, como si hubiesen quemado en él una gran cantidad de papeles. El inspector desenterró de entre aquellas cenizas el extremo de un talonario verde de cheques que había resistido a la acción del fuego; encontraron detrás de la puerta la otra mitad del bastón y, como todo ello afianzaba sus sospechas, el inspector se declaró encantado. Su satisfacción fue completa cuando, al hacer una visita al banco, descubrieron que el asesino tenía allí un saldo a su favor de varios miles de libras. Y dijo a Utterson:

—Puede contar con que lo tengo ya en mis manos. Seguramente perdió la cabeza, porque de lo contrario por nada del mundo habría dejado ahí el medio bastón y, sobre todo, no habría quemado el libro de cheques. Sin dinero no puede vivir. Todo lo que nos queda por hacer es mantenernos al acecho en su banco y anunciar la captura.

Pero la cosa no fue tan fácil de realizar; porque eran pocas las personas familiarizadas con Mr. Hyde (el mismo patrón de la criada solo lo había visto dos veces); no hubo manera de descubrirle parientes; jamás se había retratado; las pocas personas capaces de hacer una descripción de él diferían mucho entre ellas, como suele ocurrir a la mayoría de la gente. Únicamente en un punto coincidían: en que el fugitivo dejaba en cuantos lo veían una sensación inquietante de cosa deforme, aunque sin poder señalar concretamente la deformidad.

V. El incidente de la carta

Eran ya las últimas horas de la tarde cuando Utterson pudo llegar hasta la puerta del Dr. Jekyll; el mayordomo Poole lo hizo pasar inmediatamente y lo condujo por las dependencias de la cocina, cruzando un patio que en otro tiempo había sido jardín, hasta el edificio conocido comúnmente con el nombre de laboratorio o sala de disección. El doctor había comprado la casa a los herederos de un célebre cirujano; pero, como sus aficiones lo inclinaban más bien a la química que a la anatomía, dio otro destino al edificio que había en el fondo del jardín.

Era la primera vez que el abogado visitaba aquella parte de la residencia de su amigo; contempló con curiosidad la desaseada construcción, desprovista de ventanas, y miró a su alrededor poseído de una desagradable sensación de extrañeza cuando atravesó el anfiteatro de anatomía, concurridísimo en otro tiempo por estudiantes deseosos de aprender y que ahora se hallaba desierto y silencioso; las mesas estaban cubiertas de aparatos de química; por el suelo se veían canastos, y la paja de embalar formaba una espesa capa.

Desde la cúpula, velada por la niebla, caía una débil claridad.

En un extremo del recinto había un tramo de escaleras que subían hasta una puerta forrada de paño rojo; por ella entró Utterson en el despacho del doctor. Era una habitación amplia, provista en todo el derredor de armarios de cristal y de un gran espejo móvil, además de una mesa escritorio; tenía tres ventanas polvorientas y defendidas por rejas de hierro que daban a la plazoleta. Ardía el fuego en la chimenea; sobre la repisa había un candelabro encendido, porque hasta en el interior de las casas empezaba a espesarse la niebla; allí, muy cerca del foco de calor, se encontraba el Dr. Jekyll con aspecto de hallarse mortalmente enfermo. No se levantó para recibir a su visitante, limitándose a alargarle una mano fría y a darle la bienvenida con voz que no parecía la suya.

—Dime —le preguntó Utterson en cuanto Poole se retiró—, ¿conoces la noticia?

El doctor se estremeció y dijo:

—La oí vocear en la plaza desde el comedor.

—Una palabra —dijo el abogado—: Carew era cliente mío, pero también tú lo eres, y quiero saber el terreno que piso. ¿Has cometido la locura de ocultar a ese individuo?

—¡Utterson —exclamó el doctor—, juro ante Dios que no volveré jamás a mirarlo! Doy mi palabra de honor de que he terminado por completo con él en este mundo. Todo acabó. A decir verdad, tampoco necesita de mi ayuda; tú no lo conoces como yo; se encuentra a salvo, completamente a salvo; escucha bien lo que digo: ya no se volverá a oír hablar de él.

El abogado lo escuchaba con semblante sombrío; no le agradaba aquel modo febril de expresarse que tenía su amigo, y le dijo:

—Pareces estar muy seguro de lo que él hará o no hará, y me alegraré de que estés en lo cierto. Porque, si llegase a comparecer en juicio, quizá saliese a relucir tu nombre.

—Tengo completa seguridad en él —repitió Jekyll—. Tengo razones para mi certeza que no puedo comunicar a nadie. Pero hay un detalle en el que necesitaría tu consejo. He recibido una carta y estoy en grandes dudas sobre si debería o no mostrársela a la policía. Es un asunto que desearía dejar en tus manos, Utterson; estoy seguro de que tomarás una resolución sabia; tengo en ti una confianza absoluta.

—¿Es que temes que la carta pueda conducir al descubrimiento de ese individuo? —preguntó el abogado.

—No —contestó Jekyll—. Mentiría si dijese que me preocupa la suerte de Hyde. He terminado por completo con él. Pensaba, por el contrario, en mi propia reputación, que este odioso asunto ha puesto en peligro.

Utterson rumió un rato el problema; el egoísmo de su amigo lo sorprendió y al propio tiempo le producía un alivio. Por último, dijo:

—Veamos primero la carta.

La carta estaba escrita con una letra rara, recta, y la firmaba "Edward Hyde"; daba a entender concisamente que su bienhechor, o sea el Dr. Jekyll, al que de una manera tan indigna venía pagando desde hacía tiempo sus mil generosidades, no tenía que alarmarse por su seguridad, porque disponía de elementos para escaparse que le inspiraban absoluta confianza. La carta produjo al abogado un sentimiento de satisfacción, porque presentaba la intimidad entre Jekyll y Hyde bajo un aspecto más favorable a Jekyll de lo que Utterson se imaginaba. Hasta llegó a censurarse a sí mismo por algunas de sus pasadas sospechas.

—¿Tienes a mano el sobre? —preguntó.

—Lo quemé sin darme cuenta de lo que se trataba —contestó Jekyll—. Pero no traía sello. Fue entregado en mano.

—¿Quieres que me guarde la carta para consultar con la almohada? —preguntó Utterson.

—Deseo que seas tú quien lo decida todo —fue la contestación de Jekyll—. He perdido la confianza en mí mismo.

—Pues bien, meditaré en ello —contestó el abogado—. Y, por ahora, solo una palabra más: ¿fue Hyde quien dictó las frases del testamento relacionadas con una posible desaparición de tu persona?

El doctor pareció atacado por un acceso de debilidad; cerró fuertemente la boca y contestó que sí con un movimiento de cabeza.

—Yo tenía esa certeza —dijo Utterson—. Se proponía asesinarte. ¡De buena has escapado!

—He recibido algo que tiene más importancia que eso —contestó el doctor solemnemente—. He recibido una lección, ¡oh, Dios, y qué lección he recibido!

Y se cubrió un momento la cara con las manos.

Al retomar su camino para salir a la calle, el abogado se detuvo y cambió un par de frases con Poole, diciéndole:

—A propósito, tengo entendido que hoy han traído en mano una carta. ¿Qué señas tenía el mensajero que la entregó?

Pero Poole contestó terminantemente que no había llegado nada sino por correo. Y agregó:

—Además, todas han sido circulares.

Esta noticia hizo que el visitante abandonase la casa con sus temores nuevamente alertas. Era evidente que la carta había llegado por la puerta del laboratorio y hasta era posible que hubiese sido escrita en aquella misma mesa; en ese caso, el asunto tomaba un cariz muy distinto y había que manejarlo con mayor precaución. Cuando caminaba hacia su casa, los vendedores de periódicos enronquecían gritando a lo largo de las aceras:

—¡Edición especial! ¡Repugnante asesinato de un miembro del Parlamento!

Aquella era la necrológica de un amigo y cliente suyo; y no podía evitar que lo invadiese cierto recelo de que la buena reputación de otro, cliente y amigo también, fuese arrastrada por la marca del escándalo. Era una decisión de gran responsabilidad la que tenía que tomar; y, aunque fuese por hábito hombre que tenía confianza en sí mismo, empezó a sentir el anhelo de buscar consejo. No podía hacerlo directamente, pero quizá pudiese obtenerlo con rodeos. Eso, al menos, pensó.

Poco después, Utterson se hallaba sentado en un ángulo de la chimenea con su empleado de confianza, Guest, sentado en el otro ángulo; y entre ambos, a distancia bien calculada del fuego, una botella de cierto vino añejo especial, que llevaba largos años sin ver la luz del sol en la bodega de la casa de Utterson. La niebla seguía dormida, con sus alas extendidas sobre la ciudad, en la que los faroles de gas brillaban como rubíes. La procesión de la vida de la ciudad continuaba su curso y las grandes arterias, entre el embozo y el ahogo de aquellas nubes caídas y sus ruidos, producían la sensación de un vendaval. Pero la hoguera que ardía en la chimenea daba alegría a la habitación. Dentro de la botella hacía mucho tiempo ya que los ácidos se habían disipado; la púrpura se había suavizado con el tiempo, como el color que se enriquece en las ventanas de vidrios de colores; la transparencia de las tardes calurosas de otoño en las laderas cubiertas de viñedos de las colinas estaba a punto de recobrar su libertad para dispersar las nieblas de Londres. El abogado se fue calmando imperceptiblemente. Guest era el hombre para quien Utterson tenía menos secretos y ni siquiera estaba seguro de que no le confiaba algunos de los que quería guardar. Muchas veces Guest había ido por diferentes diligencias de negocios a la casa del doctor: conocía a Poole, era casi imposible que no hubiese oído hablar de la familiaridad con que Mr. Hyde visitaba la casa, y se habría hecho su composición de lugar. ¿No estaría bien, por eso mismo, que viese una carta que parecía poner en claro aquel misterio? Y, sobre todo, siendo Guest hombre estudioso y crítico de la caligrafía, ¿no consideraría el paso que pensaba dar Utterson como muy natural y adecuado? Sin contar con que el empleado del estudio era asesor legal; sería raro que la lectura del documento no le inspirase alguna reflexión que quizá le sirviese a su jefe para trazarse la línea de conducta que había que seguir.

—Triste asunto el de sir Danvers —dijo Utterson.

—Desde luego —contestó Guest—. Ha despertado gran sentimiento entre la gente. Claro que el asesino era un loco.

—Me agradaría saber lo que piensa sobre esta materia —siguió diciendo Utterson—. Poseo un documento escrito de su puño y letra; es cosa que debe quedar entre nosotros, porque aún no sé qué línea de conducta seguir; en el mejor de los casos, es un asunto desagradable. Aquí lo tiene; entra de lleno en sus aficiones: es el autógrafo de un asesino.

A Guest se le iluminaron los ojos y se puso en el acto a estudiar con entusiasmo el documento. Al cabo, dijo:

—Pues no, señor, no es de un loco, pero es una letra extraña.

—Y, de todos modos, quien la trazó es también un ente muy extraño —agregó el abogado.

En aquel mismo instante entró el criado con una carta y el empleado preguntó:

—¿Es del Dr. Jekyll, señor? Creí reconocer la letra. ¿Es algo privado?

—Nada más que una invitación para cenar con él. ¿Quiere verla?

—Un momento nada más. Le doy las gracias, señor.

Guest colocó una junto a otra las dos hojas de papel y comparó con gran cuidado las dos escrituras. Por último, devolvió ambos documentos a Utterson, diciendo:

—Gracias, señor, es un autógrafo muy interesante.

Hubo un silencio, durante el cual Utterson luchó consigo mismo. Pero de pronto preguntó:

—¿Por qué ha comparado las dos escrituras, Guest?

—Es que, señor —contestó el empleado—, existe entre ellas un parecido muy especial; ambas escrituras son idénticas en muchos detalles y solo se diferencian en la inclinación distinta de la letra.

—Es bastante raro —dijo Utterson.

—Sí, tiene razón, es bastante raro —contestó Guest.

—Le agradeceré que no comente nada de esta carta —dijo el abogado.

—Lo comprendo, señor —contestó el empleado.

Pero en cuanto Utterson se vio aquella noche a solas, cerró con llave en su caja fuerte la carta que le había entregado el Dr. Jekyll y allí quedó. Y al guardarla pensaba:

"¡Cómo! ¡Henry Jekyll cometiendo una falsificación para proteger a un asesino!".

Y le corrió un escalofrío por las venas.

IV. El notable incidente del Dr. Lanyon

Corrieron los días, se ofrecieron miles de libras esterlinas de recompensa, porque la muerte de sir Danvers fue lamentada como una desgracia pública. Mr. Hyde se había puesto fuera del alcance de la policía como si jamás hubiese existido. Es cierto que se dio a conocer una buena parte de su vida, que no podía ser más vergonzosa. Se publicaron relatos de la crueldad de aquel individuo, insensible y violento al mismo tiempo; de la indignidad de sus costumbres, de las extrañas personas con quienes se relacionaba y del odio que parecía acompañarlo por todas partes, pero de sus andanzas actuales no se supo absolutamente nada.

Pura y simplemente, se había esfumado desde el momento en que abandonó la casa del Soho en la mañana del crimen; poco a poco, a medida que pasaba el tiempo, Utterson comenzó a recobrarse de su intensa alarma y a volver paulatinamente a su antigua tranquilidad. Para su modo de pensar, la muerte de sir Danvers estaba más que compensada con la desaparición de Mr. Hyde.

Libre ya de aquella mala influencia, el Dr. Jekyll inició una nueva vida. Salió de su aislamiento, reanudó el trato con sus amigos, se convirtió una vez más en huésped y anfitrión habitual de sus amistades. Si había sido siempre conocido por sus actos de caridad, no fue menor ahora la buena fama que adquirió por su fervor religioso. Llevaba una vida activa, gustaba del aire libre, hacía el bien; la expresión de su rostro era más franca y parecía como iluminada por el reflejo de un íntimo convencimiento de ser útil a los demás. El doctor vivió en paz por espacio de más de dos meses.

El día 8 de enero, Utterson había cenado en casa del doctor con unos pocos invitados más. También Lanyon había asistido y la mirada del anfitrión iba del uno al otro, como en los buenos tiempos en que los tres eran amigos inseparables. El día 12, y después el 14, el abogado se encontró con que se le cerraban las puertas. Poole le dijo que el doctor se había aislado y que no recibía a nadie. Como Utterson se había acostumbrado durante los dos últimos meses a verse casi a diario con su amigo, no dejó de preocuparlo este retorno a la soledad. La quinta noche de ocurrirle esto, Utterson había invitado a Guest a cenar con él; y la sexta se dirigió a la casa del Dr. Lanyon.

Allí por lo menos no le fue negado el acceso; pero, una vez dentro, quedó dolorosamente sorprendido por el cambio que se advertía en el rostro de Lanyon. Se leía claramente en su semblante la sentencia de muerte. El hombre rubicundo estaba ahora pálido; había perdido peso, se lo veía a las claras más calvo y más envejecido; pero no fueron estos síntomas de rápida decadencia física los que llamaron la atención del abogado, sino la expresión de aquella mirada y algo en el comportamiento del doctor que revelaba la existencia de un sentimiento de terror profundamente arraigado en aquella alma. Era improbable que el médico temiese morir; y, sin embargo, fue eso lo que Utterson se sintió tentado a sospechar, diciéndose para sus adentros:

"Sí, Lanyon es médico; conoce su propio estado y sabe que sus días están contados; y ese conocimiento le resulta insoportable".

Pero, cuando Utterson le habló de su mal aspecto, el Dr. Lanyon le declaró con acento de gran firmeza que era hombre sin salida, diciéndole:

—He recibido un golpe muy fuerte y ya nunca me recobraré. Es cuestión de semanas. ¡Qué le vamos a hacer! La vida me fue agradable; le tenía cariño, sí, señor; me había habituado a disfrutarla. Pienso a veces que, si cada uno de nosotros supiese todo lo que hay que saber, nos marcharíamos más alegres de este mundo.

—También Jekyll se halla enfermo —le hizo notar Utterson—. ¿Lo has visitado?

Al oír esta pregunta, cambió la expresión del rostro de Lanyon, alargó una mano temblorosa y exclamó en voz alta e insegura:

—Deseo no ver más al Dr. Jekyll ni oír hablar de él. He terminado por completo con esa persona y te suplico que suprimas toda alusión a quien considero ya como muerto.

—¡Vaya! —exclamó Utterson y, después de un largo silencio, preguntó—: ¿No puedo intervenir yo? Los tres somos muy viejos amigos y ya no nos queda vida para hacer otros nuevos.

—Es inútil todo. Pregúntaselo a él mismo —contestó Lanyon.

—No quiere recibirme —dijo el abogado.

—No me sorprende —fue la respuesta de Lanyon—. Algún día, Utterson, cuando yo ya esté muerto, quizá llegues a saber las razones o sinrazones de esto. Ahora no puedo decírtelas. Mientras tanto, si te es posible quedarte aquí y hablarme de otras cosas, hazlo, por el amor de Dios; pero si te resulta imposible dejar en paz este maldito tema, entonces, por amor de Dios, márchate, porque no puedo soportarlo.

En cuanto estuvo de vuelta en casa, Utterson se sentó y escribió a Jekyll quejándose de que lo excluyese de su trato y preguntándole la causa de su lamentable ruptura con Lanyon; al día siguiente recibió una larga respuesta que, si tenía párrafos de gran patetismo, estaba otras veces redactada de un modo oscuro y misterioso. La pelea con Lanyon no tenía remedio. Escribía Jekyll:

> No censuro a nuestro viejo amigo, pero comparto su opinión de que nunca más debemos encontrarnos. Me propongo llevar de aquí en adelante una vida de completo aislamiento; no debes sorprenderte, ni dudar de mi amistad, si encuentras con frecuencia mi puerta cerrada para ti. Debes tolerar que yo siga mi lóbrego camino. He atraído sobre mí un castigo y un peligro que me es imposible nombrar. Si soy el mayor de los pecadores, soy también el

que más sufre de todos. Jamás pensé que hubiese en la tierra lugar de terrores y de dolores tan inhumanos; para aliviar mi destino, solo una cosa puedes hacer, Utterson, y es respetar mi silencio.

Utterson se hallaba asombrado; había desaparecido la dañina influencia de Hyde; el doctor había reanudado sus antiguas ocupaciones y amistades; hacía una semana todo eran perspectivas sonrientes de una vejez alegre y honrosa; y de pronto, en un solo instante, se venían abajo la amistad, la paz y todo su gusto por la vida. Cambio tan grande y tan súbito parecía síntoma de locura; pero, a juzgar por el comportamiento y por las palabras de Lanyon, la raíz debía ser mucho más profunda.

Una semana después, el Dr. Lanyon cayó en cama y, en algo menos de una quincena, había muerto. La noche que siguió al funeral, ceremonia que afectó tristemente a Utterson, este se encerró con llave en su despacho y, sentado a la luz melancólica de una vela, sacó y puso encima de la mesa un sobre cuya dirección estaba escrita de puño y letra de su difunto amigo, además de estar lacrado con su sello y que rezaba de esta enfática manera:

CONFIDENCIAL

PARA ENTREGAR *EN PROPIAS MANOS* Y ÚNICAMENTE A G. J. UTTERSON Y, SI ESTE HUBIESE FALLECIDO, PARA QUE *SEA QUEMADO SIN ABRIR*

El abogado sentía miedo de enterarse del contenido, pensando: "Hoy he enterrado a un amigo. ¿No irá este escrito a hacerme perder otro?". Pero aquel temor se le antojó deslealtad y rompió el lacre. Dentro del primer sobre había otro, lacrado también, que tenía esta inscripción:

NO DEBERÁ ABRIRSE HASTA LA MUERTE
O DESAPARICIÓN DEL DR. HENRY JEKYLL

Utterson no daba crédito a sus ojos. Sí, decía *desaparición*; también aquí, lo mismo que en el insensato testamento, que hacía tiempo ya que había devuelto a su autor, se hacía presente la idea de una desaparición vinculada con el nombre del Dr. Henry Jekyll. Pero en el testamento era Mr. Hyde quien ocasionaba la idea de la desaparición; constaba en el escrito con una finalidad demasiado evidente y demasiado horrible. ¿Qué podía significar estando escrita de puño y letra de Lanyon?

El abogado sintió una gran curiosidad que lo hizo pensar en no hacer caso de la prohibición y en zambullirse de una vez hasta lo más profundo de aquellos misterios; pero el honor profesional y la fe que debía a su difunto amigo constituían deberes muy rigurosos, y el sobre volvió al más profundo rincón de su caja fuerte personal.

Pero una cosa es defraudar la curiosidad y otra vencerla; y no es seguro que de ahí en adelante desease Utterson la compañía de su amigo superviviente con el mismo anhelo que hasta entonces. Pensaba en él con cariño, pero sus pensamientos estaban llenos de temor y de inquietud. Desde luego, fue a visitarlo, pero el hecho de que le negasen la entrada fue para Utterson motivo de alivio; quizás allá, en su corazón, prefería hablar con Poole en el umbral, rodeado de la atmósfera y de los ruidos de la calle abierta, antes que ser recibido en aquella casa de reclusión voluntaria y sentarse para conversar con su inescrutable preso. Las noticias que Poole tenía que comunicarle no eran, desde luego, agradables. Según ellas, ahora más que nunca, el doctor vivía confinado en el despacho que tenía arriba del laboratorio e incluso dormía a veces allí; vivía abatido, se había vuelto muy callado y ya no leía nada; se habría dicho que tenía un peso en el alma.

Como esta clase de informes eran siempre de un carácter idéntico, Utterson fue poco a poco espaciando sus visitas.

VII. El incidente de la ventana

Un domingo, cuando Utterson daba su paseo habitual en compañía de Enfield, dio la casualidad de que volvieran a pasar por la misma calle lateral; al caminar por delante de la puerta, ambos paseantes se detuvieron y se quedaron mirando hacia ella. Enfield dijo:

—Se acabó por fin aquel asunto. Ya no volveremos jamás a ver a Mr. Hyde.

—Me imagino que no —dijo Utterson—. ¿Te he dicho ya que hablé con él en cierta ocasión y que experimenté tu mismo sentimiento de repulsión?

—Era imposible verlo y no sentirlo —contestó Enfield—. A propósito: ¿verdad que me tomarías por un tonto si yo no hubiera averiguado que esta viene a ser la parte trasera de la casa del Dr. Jekyll? Pues fue culpa tuya que lo averiguase por fin.

—¿De modo que lo averiguaste por fin? —dijo Utterson—. Pues, si es así, bien podemos entrar en la plazoleta y echar un vistazo a las ventanas. Para ser sincero, estoy intranquilo por el pobre Jekyll y tengo la sensación íntima de que la presencia de un amigo, aunque sea fuera de la casa, pueda serle de utilidad.

La plazoleta estaba muy fría y se hallaba algo húmeda y en pleno crepúsculo prematuro, aunque allá arriba el cielo brillaba todavía con el sol poniente. De las tres ventanas, la del centro se hallaba a medio abrir; en ella, tomando el aire con expresión de tristeza infinita, a la manera de algún afligido presidiario, Utterson vio al Dr. Jekyll y le gritó:

—¿Cómo va eso, Jekyll? Me imagino que ya estarás mejor.

—Estoy triste, Utterson, estoy muy triste —repuso el doctor con voz que causaba miedo—. Ya no viviré mucho, gracias a Dios.

—Estás demasiado tiempo encerrado —le dijo el abogado—. Deberías salir para activar la circulación de la sangre, como lo hacemos Enfield y yo... Te presento a mi primo, Mr. Enfield..., el Dr. Jekyll... ¡Vamos!, ponte el sombrero y ven a dar un rápido paseo con nosotros.

—Eres muy bueno —suspiró el de la ventana—. Me agradaría mucho dar ese paseo; pero no, es completamente imposible; no me atrevo. Pero de veras, Utterson, me alegro mucho de verte; constituye para mí un gran placer auténtico. Yo los invitaría a ti y a Mr. Enfield a subir a mi despacho, pero la verdad es que el lugar no está para recibir a nadie.

—Pues, entonces —dijo el abogado con toda simpatía—, lo mejor que podemos hacer es quedarnos aquí y conversar contigo desde donde estamos.

—Eso es precisamente lo que iba yo a arriesgarme a proponerles —contestó sonriente el doctor.

Pero no bien pronunció estas palabras cuando la sonrisa desapareció de su rostro, siendo reemplazada por una expresión de terror y desesperación tan abyectos, que a los dos caballeros de la plazoleta se les heló la sangre en las venas. Aquello duró el tiempo de un relámpago, porque instantáneamente se cerró la ventana; pero aquella visión había sido suficiente y ambos caballeros se alejaron de la casa sin pronunciar palabra. También en silencio cruzaron la calle; solo cuando estuvieron en una avenida próxima, en la que había cierto movimiento incluso los domingos, Utterson se volvió por fin para mirar a su compañero. Los dos estaban pálidos y en sus ojos había una expresión de horror. Utterson exclamó:

—¡Que Dios nos perdone! ¡Que Dios nos perdone!

Pero Enfield solo pudo hacer un ademán afirmativo con la cabeza y siguieron paseando otra vez en silencio.

VIII. La última noche

Cierta noche Utterson estaba sentado junto al fuego después de cenar, cuando recibió con sorpresa la visita de Poole. Al verlo, exclamó:

—¡Qué sorpresa, Poole! ¿Qué es lo que lo trae? —y, después de fijarse en él, agregó—. ¿Ocurre algo malo? ¿Está enfermo el doctor?

—Mr. Utterson —dijo el hombre—, las cosas no van bien.

—Siéntese y beba este vaso de vino —dijo el abogado—. Y ahora, después de que se haya sosegado, dígame sin rodeos en qué puedo ayudarlo.

—Ya conoce la manera de ser del doctor y cómo suele encerrarse sin recibir a nadie. Pues bien, otra vez vive encerrado en el despacho; y no me gusta nada lo que ocurre, no, señor. ¡Que me muera si me gusta lo que ocurre! Mr. Utterson, estoy asustado.

—¡Venga, hombre, dígalo todo! ¿De qué está asustado?

—Llevo una semana con el susto en el cuerpo y ya no puedo soportarlo más —contestó Poole, esquivando obstinadamente la pregunta.

El aspecto del hombre confirmaba plenamente sus palabras; sus maneras se hacían más bruscas; y fuera del primer instante, cuando dio a entender su terror, no había vuelto a mirar una sola vez al abogado a la cara. Y aun ahora seguía con el vaso de vino sobre sus rodillas, sin probarlo, y con la mirada fija en un ángulo del suelo de la habitación; repitió:

—No puedo soportarlo más.

—Poole —dijo el abogado—, veo que oculta algo importante, veo que ocurre algo grave. Haga un esfuerzo y dígamelo.

—Creo que alguien ha jugado sucio —contestó Poole con voz áspera.

—¿Alguien ha jugado sucio? —exclamó el abogado, al que su gran temor produjo la irritación consiguiente—. ¿Qué juego sucio es ese? ¿Qué quiere decir?

—No me atrevo a hablar más, señor —fue la contestación del mayordomo—. ¿Quiere acompañarme y ver usted mismo lo que ocurre?

Por toda respuesta, Utterson se levantó y se puso el sombrero y el sobretodo; pero no pudo menos que fijarse en la expresión de gran alivio del rostro del mayordomo y no fue menor su asombro al observar que dejaba intacto el vaso de vino para seguir tras él.

Era una noche desagradable, fría, de principios de marzo; la luna estaba de espaldas en el firmamento, como si el viento la hubiese inclinado, y volaban nubes del más blanco algodón. El viento hacía difícil hablar y enrojecía las caras. Parecía además que hubiese barrido las calles de transeúntes de un modo desacostumbrado, y a Utterson le dio la impresión de que no había visto nunca tan desierta aquella parte de Londres. Era lo contrario de lo que él había deseado; nunca en su vida había experimentado de un modo tan agudo el deseo de ver y de tocar a otros seres humanos; a pesar de los esfuerzos que hacía, no lograba apartar de su pensamiento el abrumador presentimiento de una calamidad.

Cuando entró en la plazoleta, había un remolino de viento y de polvo, y los delgados arbolillos del jardín azotaban con sus ramas la verja. Poole, que durante todo el camino se había mantenido uno o dos pasos delante de Utterson, se detuvo ahora en medio de la calzada y, a pesar de lo crudo de la temperatura, se quitó el sombrero y se enjugó el sudor con un pañuelo rojo. Aunque habían caminado de prisa, no era el sudor del ejercicio físico lo que se enjugaba, sino la fría humedad de la angustia que lo asfixiaba; porque estaba pálido y su voz era áspera y vacilante.

—Bien, señor —dijo—, ya hemos llegado y quiera Dios que no ocurra nada malo.

—Amén —contestó el abogado.

El mayordomo entonces llamó a la puerta con mucha prudencia; esta se entreabrió, sujeta por dentro con la cadena, y una voz preguntó desde el interior:

—¿Eres tú, Poole?

—Soy yo; abran —dijo Poole.

Cuando entraron en el vestíbulo, este se hallaba brillantemente iluminado; el fuego ardía con fuerza en la chimenea y toda la servidumbre, hombres y mujeres, se amontonaban alrededor del hogar como un rebaño de corderos. Al ver a Utterson, la criada estalló en lloriqueos histéricos y la cocinera corrió a echarse en sus brazos, gritando:

—¡Bendito sea Dios! ¡Ya está aquí Mr. Utterson!

—Pero ¿cómo? ¿Qué es esto? —exclamó el abogado muy contrariado—. Esto se sale de lo normal; parece increíble y es seguro que desagradaría al Dr. Jekyll.

—Están asustados —dijo Poole.

Siguió a esto un silencio sombrío, sin que nadie dejase oír la más leve protesta; únicamente la criada se puso a chillar y llorar ruidosamente.

—¡Cállate la boca! —le dijo Poole, con una ferocidad de expresión que delataba la alteración de sus propios nervios.

La verdad es que, cuando la joven aumentó de pronto la intensidad de su llanto, todos se sobresaltaron y se volvieron para mirar hacia la puerta interior con rostros en los que se pintaba una actitud de expectativa y temor. El mayordomo, encarándose con el ayudante de cocina, siguió diciendo:

—Tráeme una vela y pondremos manos a la obra inmediatamente.

Rogó después a Utterson que lo siguiese y lo condujo a través del jardín interior.

—Camine, señor, con el mayor sigilo posible —le dijo—. Desearía que escuchase sin ser oído. Además, si acaso él le ruega que entre en su despacho, evite hacerlo.

Este final inesperado provocó tal sacudida en los nervios de Utterson, que estuvo a punto de perder la serenidad; pero concentró todo su valor y entró detrás del mayordomo en el laboratorio cruzando por entre los canastos y las botellas hasta el pie de la escalera que conducía al despacho. Una vez allí, Poole le indicó que permaneciese a un lado y que escuchase; mientras él, dejando la vela en el suelo y haciendo un claro llamamiento a su fuerza de voluntad, subía las escaleras y golpeaba con mano insegura la puerta del despacho, revestida de paño rojo.

—Señor, Mr. Utterson está aquí y desea verlo —dijo y, mientras hablaba, indicó por señas aún más expresivas al abogado que prestase atención.

Una voz contestó desde adentro:

—Dígale que no puedo ver a nadie.

El tono de la voz era quejumbroso.

—Gracias, señor —dijo Poole, y su voz denotaba un sentimiento de triunfo.

Tomó la vela que había puesto en el suelo y condujo a Utterson, a través del patio, hasta la cocina principal, en la que el fuego estaba apagado y unos pequeños insectos negros corrían por el suelo.

—Señor —dijo, mirando fijamente a los ojos a Utterson—, ¿era esa la voz de mi patrón?

—Parece muy cambiada —contestó el abogado, en extremo pálido, pero sosteniendo la mirada de Poole.

—¿Cambiada? Quizá —dijo el mayordomo—. ¿Llevo yo o no llevo veinte años en la casa de este hombre para que pueda equivocarme respecto a su voz? No, señor, han acabado con el patrón; acabaron con él hace ocho días, cuando le oí gritar "¡Por amor de Dios!". Y ¿quién es el que está ahí adentro haciéndose pasar por él y por qué permanece donde está? Son cosas que claman al cielo, Mr. Utterson.

—Esa es una historia por demás extraña, Poole; es una historia desatinada, hombre de Dios —exclamó Utterson mordiéndose el dedo—. Demos por sentado que sea lo que usted supone, porque lo que supone es que el Dr. Jekyll ha sido... asesinado. ¿Cómo se compadece eso con la permanencia del asesino? Es una suposición que no se sostiene y que rechaza la razón.

—Mr. Utterson, es usted hombre difícil de convencer, pero lo lograré —dijo Poole—. Durante toda la semana última (es preciso que se lo diga), él o lo que vive ahí dentro del despacho, sea lo que fuere, ha estado pidiendo noche y día no sé qué especie de medicina y no se satisface con las que le traen. En ocasiones adopta la costumbre del patrón, es decir, escribe una orden y arroja el papel a la escalera. Durante toda la semana no nos ha devuelto nada: no hemos visto más que papeles y la puerta cerrada, y hasta las comidas hemos tenido que dejarlas ahí para que él las metiese adentro a escondidas, cuando nadie lo miraba. Sí, señor; todos los días, hasta dos y tres veces, se han recibido órdenes y se han oído quejas, y yo he tenido que salir volando a todas las casas de productos farmacéuticos al por mayor que hay en Londres. Cuantas veces he traído la mercancía, otras tantas he recibido un papel, ordenándome que volviese a decirles que el producto no era puro, y otro pedido para una casa diferente. Sea para lo que fuere, esa droga que pide la necesita desesperadamente.

—¿Tiene a mano alguno de esos papeles? —preguntó Utterson.

Poole hurgó en su bolsillo y le entregó un papel arrugado que Utterson estudió cuidadosamente, acercándose más a la luz de la vela. Decía así:

El Dr. Jekyll presenta sus saludos a los señores Maw y les asegura que la última muestra es impura y completamente inútil para el fin que desea. El Dr. J. compró el año 18..., a los señores M. una cantidad algo mayor. Suplica, pues, encarecidamente, que busquen con el máximo cuidado por si quedase algún resto de aquel producto y que se lo envíen inmediatamente. No se repara en el precio. Es difícil exagerar la importancia que esto tiene para el Dr. Jekyll.

Hasta llegar a ese punto, la nota estaba escrita con serenidad; pero de pronto, la emoción del escritor había estallado en súbitas salpicaduras de tinta, agregando:

¡Por el amor de Dios! Búsquenme alguna cantidad del producto antiguo.

—Es una nota extraña —dijo Utterson, y luego preguntó con énfasis—: ¿Cómo está en su poder?

—El hombre que me atendió en la casa Maw se enojó al leerla y me la tiró como quien tira un papel a la basura, señor —contestó Poole.

—¿Sabe si esta letra es, sin duda alguna, la del doctor? —preguntó el abogado.

—Así me lo pareció —dijo el criado, algo molesto; pero luego agregó, cambiando de voz—: Y ¿qué importancia tiene la letra, cuando yo lo he visto a él?

—¿Lo ha visto? —repitió Utterson—. ¿Cómo fue?

—Pues fue así —dijo Poole—: me metí de pronto en el anfiteatro, viniendo del jardín. Por lo visto él había salido del despacho en busca de su droga o de lo que sea; porque la puerta estaba abierta y él revolvía entre los canastos, en el fondo del laboratorio. Cuando yo entré, levantó la vista, dejó escapar algo así como un grito y salió corriendo escaleras arriba, metiéndose en el despacho. Lo vi solo un minuto y los pelos se me pusieron de punta como si fuesen púas. Señor, si aquel era mi patrón, ¿por qué llevaba la cara tapada con una máscara? Si aquel era mi patrón, ¿por qué dio un chillido como de rata y huyó de mí? Llevo suficientes años sirviéndolo. Además... —el hombre calló un momento y se pasó la mano por la cara.

—Todos estos son detalles muy extraños —dijo Utterson—, pero creo que empiezo a ver claro. Su patrón, Poole, padece alguna de esas enfermedades que torturan y deforman a quien las sufre; de ahí proviene, a mi entender, la alteración de su voz; de ahí que lleve una máscara y evite el trato de sus amigos; de ahí su angustia por procurarse esa droga, que es la última esperanza que tiene su alma de encontrar la curación. ¡Quiera Dios que no se engañe! Esa es mi explicación; es bastante triste, Poole, y aterra pensar en ella; pero es una cosa lógica y clara, que es coherente y que nos libra de toda clase de alarmas exageradas.

—Señor —dijo el mayordomo y su cara se cubrió de una palidez despareja—, aquello que yo vi no era mi patrón, y esta es la pura verdad. Mi patrón —y Poole miró a su alrededor y empezó a hablar muy bajo— es un hombre alto y fornido, y lo que yo vi era un enano.

Utterson intentó protestar.

—Pero, señor —exclamó Poole—, ¿cree usted que no conozco a mi patrón después de vivir con él veinte años? ¿Se imagina que no sé hasta dónde llega con su cabeza en la puerta del despacho, si lo he visto en ella todas las mañanas de mi vida? No, señor, la cosa aquella enmascarada no era el Dr. Jekyll y mi corazón me dice que se ha cometido un asesinato.

—Poole —dijo el abogado—, puesto que afirma eso, mi obligación es cerciorarme y salir de dudas. Por grande que sea mi deseo de no herir la susceptibilidad de su patrón, por mucho que me intrigue su nota, que parece demostrar que se encuentra vivo, considero mi deber echar abajo la puerta de esa habitación.

—Muy bien, Sr. Utterson —exclamó el mayordomo.

—Ahora viene la segunda parte: ¿quién derribará la puerta? —siguió diciendo Utterson.

—¡Usted y yo, naturalmente! —fue la resuelta contestación.

—Muy bien dicho —prosiguió el abogado—; y ocurra lo que ocurra, a mi cargo corre que no pierda usted nada con ello.

—En el anfiteatro hay un hacha —dijo Poole—; y usted podría armarse con el atizador de la cocina.

El abogado echó mano a ese instrumento rudo pero pesado y lo blandió; luego alzó los ojos y dijo:

—¿Se da cuenta, Poole, de que usted y yo vamos a pasar por momentos de peligro?

—¡Desde luego que me doy cuenta! —contestó el mayordomo.

—Vale, pues, la pena que hablemos con franqueza —dijo Utterson—. Los dos pensamos cosas que no hemos dicho; ¡fuera, pues, disimulos! ¿Reconoció a la persona enmascarada?

—Verá, señor; corrió tan rápido y marchaba tan encogido, que no podría jurarlo —fue la respuesta—. Pero si me pregunta "¿Era Mr. Hyde?", le diré que sí, que me parece que sí. Porque era más o menos de su mismo físico; porque era ágil como él y porque, además, ¿qué otra persona podía entrar por la puerta del laboratorio? ¿Ha olvidado, señor, que, cuando cometió el asesinato de sir Danvers, disponía aún de la llave? Pero no es eso todo. Ignoro, Mr. Utterson, si habrá hablado alguna vez con el Mr. Hyde.

—Sí —dijo el abogado—, he hablado con él en una ocasión.

—Entonces sabrá, como todos nosotros, que había algo raro en ese caballero..., algo que moldeaba a una persona..., la verdad es que no encuentro palabras adecuadas, fuera de estas: que llegaba hasta la médula..., un no sé qué de escalofriante y de repelente.

—Confieso que yo experimenté algo por el estilo —contestó Utterson.

—Muy bien —prosiguió Poole—, cuando esa cosa enmascarada y parecida a un mono saltó de entre los productos químicos y salió disparando escaleras arriba, me corrió por toda la espina dorsal un escalofrío. Sí,

Mr. Utterson, sé bien que eso no constituye una prueba; he leído lo bastante para saberlo; pero uno tiene sus sentimientos y yo le juro sobre la Biblia que era Mr. Hyde.

—Sí, le creo —dijo el abogado—. Mis temores me inclinan hacia esa misma tesis. Estaba seguro de que semejante relación había de traer malas consecuencias. Le creo, sí; creo que el pobre Henry ha muerto y creo que su asesino sigue acechando en el despacho de la víctima, solo Dios puede saber con qué fines. Vamos, pues, a tomar venganza. Llame a Bradshaw.

El sirviente acudió al llamado, muy pálido y nervioso. El abogado le dijo:

—¡Ánimo, Bradshaw! Me doy cuenta de que esta incertidumbre los tiene asustados a todos, pero estamos ya decididos a terminar con ella. Poole y yo vamos a entrar por la fuerza en el despacho. Si no ha ocurrido nada, mis espaldas son lo bastante anchas para soportar todas las censuras. Sin embargo, y por si ha ocurrido alguna desgracia o algún malhechor intenta huir por la parte trasera de la casa, usted y el muchacho irán, provistos de dos buenos bastones, a situarse a la puerta del laboratorio. Disponen de diez minutos para colocarse en su puesto.

Cuando Bradshaw se retiró, el abogado consultó su reloj y dijo:

—Y ahora, Poole, vamos nosotros a ocupar los nuestros.

Aferró el atizador y marchó hacia adelante, saliendo al patio. Las nubes habían ocultado la luna y la noche estaba oscura. El viento, que solo penetraba en aquel pozo profundo que formaban los edificios circundantes, por ráfagas y corrientes, hacía bailar la luz de la vela entre sus pasos, hasta que llegaron a ponerse al abrigo del anfiteatro, donde se sentaron en silencio a esperar. Se oía alrededor el solemne zumbido de Londres; pero, al lado mismo de ellos, el silencio únicamente era interrumpido por el ruido de unos pasos que iban y venían constantemente de un lado al otro del despacho. Poole susurró:

—Tal como ahora, se pasa el día caminando; el día y la mayor parte de la noche. Solo se interrumpe un rato cuando llega algún nuevo envío de los mayoristas farmacéuticos. ¡Una mala conciencia es el peor enemigo del sueño! ¡Sí, señor, en cada paso de los que da hay sangre criminalmente derramada! Pero, vuelvo a decirlo, Sr. Utterson..., escuche con atención, ¿esos son los pasos del doctor?

Aunque lentas, las pisadas sonaban livianas y extrañas, plenas de elasticidad; era algo completamente distinto del paso pesado y crujiente del Dr. Jekyll. Utterson suspiró:

—¿No tiene nada más que contarme?

Poole asintió con la cabeza y dijo:

—Sí, una vez lo oí llorar.

—¿Llorar? ¿Cómo fue? —preguntó el abogado, sintiendo un súbito escalofrío de terror.

—Lloraba igual que una mujer o un alma en pena —dijo el mayordomo—. Me dejó un peso tal en el corazón que, cuando me retiré, estaba yo también a punto de llorar.

Habían pasado ya los diez minutos. Poole extrajo el

hacha de entre un montón de paja de embalar; coloca-
ron la vela encima de la mesa más próxima para que
los alumbrase durante el ataque y se fueron acercando
con el aliento en suspenso al lugar en que sonaban
incansables los pasos, en un constante ir y venir en
medio del silencio de la noche. Utterson gritó con todas
sus fuerzas:

—¡Jekyll, quiero verte! —calló un momento, pero no
obtuvo respuesta—. Te advierto amablemente que has
despertado nuestras sospechas y debo entrevistarme
contigo; y me entrevistaré —siguió diciendo—. Si no
es por las buenas, será por las malas... Si no es con tu
consentimiento, será por la fuerza bruta.

—¡Utterson, por amor de Dios, ten compasión de mí!
—exclamó la voz.

—¡Esa no es la voz de Jekyll..., es la de Hyde! —gritó
Utterson—. ¡Vamos a echar abajo la puerta, Poole!

Poole dio impulso al hacha por encima de su
hombro; el hachazo retumbó y la puerta de paño rojo
sufrió una tremenda sacudida contra los goznes y la
cerradura. En el interior del despacho estalló un chillido tristísimo de terror puramente animal. El hacha
volvió a alzarse y otra vez los paneles de la puerta
crujieron y la armazón vibró con violencia; cuatro veces
más cayó el hacha, pero la madera era dura y el montaje
había sido hecho por obreros excelentes; hasta el quinto
hachazo no quedó arrancada la cerradura: entonces los
restos de la puerta se derrumbaron hacia el interior,
cayendo sobre la alfombra.

Los atacantes, asustados por el mismo estrépito
y por el silencio que siguió luego, no avanzaron; se

limitaron a mirar hacia adentro. Tenían ante sus ojos el despacho iluminado por la tenue luz de una lámpara; en la chimenea ardía entre chasquidos un buen fuego, la olla cantaba su fina canción; se veía un par de cajones abiertos sobre la mesa del escritorio, ordenados cuidadosamente, muchos papeles y, más cerca del fuego, el servicio de té dispuesto para tomarlo; a cualquiera le habría parecido la habitación más tranquila y habitual del Londres de aquella noche, a no ser por los armarios de cristal, llenos de productos químicos.

En el centro de la habitación yacía el cuerpo de un hombre, dolorosamente contorsionado y palpitante aún. Se acercaron a él con cuidado, lo volvieron boca arriba y se encontraron con la cara de Edward Hyde. Vestía ropas demasiado grandes para él, ropas que correspondían a la corpulencia del doctor; las venas de su rostro palpitaban aún, dando una sensación de vida, pero esta se había acabado ya por completo; por el frasco destrozado que tenía en la mano y por el fuerte olor a almendras amargas que flotaba en el aire, Utterson comprendió que tenía delante el cuerpo de un suicida.

—Hemos llegado demasiado tarde —dijo severamente—, lo mismo para salvar que para castigar. Hyde se ha marchado a rendir cuentas y ya solo nos queda descubrir el cadáver del Dr. Jekyll.

La parte mayor del edificio la ocupaban el anfiteatro, que abarcaba casi toda la planta baja y recibía luz cenital, y el despacho, que formaba un piso superior a un extremo de aquel y daba a la plazoleta. Un pasillo ponía en comunicación el anfiteatro con la puerta que daba a la calle lateral; el despacho comunicaba con aquel por un segundo tramo de escaleras. Había, además, algunas habitaciones oscuras y un espacioso sótano. Utterson y Poole examinaron una tras otra todas las habitaciones. Bastaba echar un vistazo a las habitaciones sin ventanas para ver que estaban vacías y que hacía mucho tiempo que no habían sido abiertas, a juzgar por el polvo que cayó de las puertas. El sótano estaba lleno de maderas de todas clases, la mayor parte de las cuales databan de los tiempos del cirujano que había precedido a Jekyll; pero con solo abrir la puerta se convencieron de la inutilidad de llevar adelante el registro, porque una tupida red de telarañas les demostró que el sello que formaban en la puerta no había sido roto en muchos años. No había por parte alguna rastro de Henry Jekyll, ni vivo ni muerto.

Poole golpeó con el pie las baldosas del pasillo y exclamó, prestando oído atento al sonido que hacían:

—Debe estar sepultado aquí.

—O quizás haya huido —dijo Utterson.

Y se volvió para examinar la puerta de calle. Estaba cerrada; cerca de ella, sobre una de las baldosas, encontraron la llave, con señales ya de oxidación.

—No parece que haya sido usada —hizo notar el abogado.

—¡Usada! —repitió Poole—. ¿No ve, señor, que está rota? Como si alguien la hubiese pisoteado.

—Tiene razón —siguió diciendo Utterson—, y hasta el sitio de la rotura está oxidado —ambos hombres se miraron sobresaltados—. No alcanzo a comprender, Poole.

Subieron las escaleras en silencio y en silencio procedieron a examinar más detenidamente el contenido del despacho, dirigiendo de cuando en cuando algunas miradas de temor al cadáver. Advirtieron en una mesa rastros de combinaciones químicas, porque había varios montoncitos de unas sales blancas en platos pequeños de cristal, como si estuviesen preparados para un experimento que la llegada de los dos hombres había impedido hacer.

—Es la misma droga que yo le he estado trayendo constantemente —dijo Poole.

En el instante de decir estas palabras, la olla resopló con un ruido que les produjo sobresalto.

Esto los condujo hacia la chimenea; junto al fuego se hallaba el sillón y, a un lado y al alcance de la mano, el servicio de té, completamente a punto: hasta el azúcar había sido echado en la taza. Se veían varios libros en un estante; otro libro estaba abierto en la mesita de té. Utterson vio con asombro que se trataba de un libro piadoso por el que Jekyll había demostrado gran estima en varias ocasiones, pero que estaba comentado con blasfemias indecentes de su puño y letra.

Continuando el examen de la habitación, se acercaron al espejo móvil y contemplaron su luna con involuntario miedo. Pero el ángulo de su inclinación solo reflejaba el rojizo resplandor que jugueteaba en el techo, el llamear del fuego que se multiplicaba en los cristales delanteros de los armarios y sus propios rostros, pálidos y temerosos, inclinados para mirar en su reflejo.

—Este espejo debe haber visto cosas extraordinarias —susurró Poole.

—Aunque lo más extraño aquí es el espejo mismo —dijo el abogado, susurrando también—. ¿Para qué pudo Jekyll... —al pronunciar estas palabras se detuvo, pero se sobrepuso en seguida a su debilidad—, para qué pudo Jekyll necesitarlo?

—Tiene razón, ¿para qué?

Pasaron a examinar la mesa del escritorio. Entre los papeles cuidadosamente distribuidos se destacaba un sobre voluminoso que tenía escrito, de puño y letra del doctor, el nombre de Mr. Utterson. El abogado rompió el lacre y cayeron al suelo varios papeles que había adentro. El primero era una declaración de voluntad, redactada en los mismos términos insólitos que la que el abogado le había devuelto seis meses antes y que debería servir de testamento en caso de muerte o de acta de donación en caso de desaparecer Jekyll; pero el abogado vio con indecible asombro que, en lugar del nombre de Edward Hyde, figuraba en el documento el de Gabriel John Utterson. Miró primero a Poole, volvió a fijar la vista en los documentos y contempló por último el cadáver del malhechor, que yacía sobre la alfombra, y dijo:

—Me siento presa del vértigo... De modo que todos estos días han estado estos documentos en su poder; no tenía motivos para sentir simpatía por mí; verse desplazado lo habrá puesto furioso; y, sin embargo, no ha destruido el documento.

Echó mano del papel siguiente, que consistía en una breve nota de puño y letra del doctor, con la fecha en el borde superior. Esto hizo exclamar al abogado:

—¡Oh, Poole! Hasta hoy vivía y ha estado aquí. No es posible que el asesino haya podido hacer desaparecer el cadáver en tan poco tiempo. ¡Seguramente vive y ha huido! Pero ¿por qué ha huido? Y ¿cómo? Y, en ese supuesto, ¿podemos aventuramos a calificar de suicidio la muerte de este otro? Debemos andar con mucho tiento. Preveo que podríamos implicar al Dr. Jekyll en alguna terrible catástrofe.

—¿Por qué no lee lo que dice? —le preguntó Poole.

—Porque me da miedo —contestó el abogado—. ¡Quiera Dios que sea infundado!

Dicho esto, extendió el documento ante sus ojos y leyó lo que sigue:

> Mi querido Utterson:
>
> Cuando este papel llegue a sus manos, yo habré desaparecido, aunque no puedo prever en qué circunstancias porque no llega a tanto mi capacidad de predicción; pero el instinto y la incalificable situación en que me encuentro me dicen que el final es inevitable e inminente. Después de leer esto, empiece por repasar el relato que el Dr. Lanyon ha de haberle entregado, según me advirtió; y, si aún desea saber más, lea la confesión de este su indigno y desdichado amigo.
>
> Henry Jekyll

—¿Existe, según esto, otro sobre más? —preguntó Utterson.

—¡Aquí está, señor! —dijo Poole y le entregó un paquete cerrado con varios lacres.

El abogado se lo metió en el bolsillo.

—No querría hablar en absoluto de este documento. Si su patrón ha huido o está muerto, podremos por lo menos dejar a salvo su buena reputación. Son ahora las diez; es preciso que yo regrese a mi casa y lea con tranquilidad estos documentos; sin embargo, estaré de vuelta para la medianoche y entonces avisaremos a la policía.

Salieron del edificio, cerrando tras ellos la puerta del anfiteatro de anatomía. Utterson dejó de nuevo a la servidumbre reunida en el vestíbulo alrededor del fuego y regresó con paso cansado a su despacho, para leer las dos narraciones en las que se aclararía el misterio.

IX. El relato del Dr. Lanyon

El 9 de enero, es decir, hace cuatro días, me llegó en el correo de la tarde un sobre certificado; la dirección estaba escrita de puño y letra de mi colega y antiguo compañero de escuela, Henry Jekyll. Me produjo gran sorpresa, porque no era corriente entre nosotros comunicarnos por correo y porque precisamente la noche anterior había estado cenando con él. No veía ninguna razón que justificase la certificación de la carta. Su contenido no hizo sino aumentar mi asombro, porque decía así:

9 de enero de 18...

Querido Lanyon:

Tú eres uno de mis más antiguos amigos; aunque en ocasiones hemos disentido en temas científicos, no llego a recordar, por mi parte al menos, ninguna ruptura del afecto que nos profesamos. No hubo jamás un día en que, si tú me hubieses dicho "Jekyll, mi vida, mi honor, mi razón están pendientes de tu persona", no hubiese sacrificado mi fortuna y hasta mi mano izquierda para ayudarte. Lanyon, mi vida, mi honor, mi razón se hallan a tu merced; si esta noche me fallas, soy hombre perdido. Tras esta introducción, acaso pienses que voy a pedirte que cometas algún acto deshonroso. Júzgalo tú mismo.

Necesito que prescindas de todos los compromisos que puedas tener para esta noche... (sí, aunque tengas que acudir junto al lecho de un emperador); que tomes un coche de alquiler, a menos que tengas el tuyo esperando en la puerta, y que, con esta carta en la mano como guía, vengas derecho a mi casa. Poole, mi mayordomo, ha recibido ya instrucciones; lo encontrarás esperándote en compañía de un cerrajero. Tú procederás entonces a forzar la puerta de mi despacho y entrarás solo; abrirás el armario de cristal que está al lado izquierdo (el que tiene la letra E), violentando la cerradura si no estuviese abierto; sacarás del armario, con todo lo que contiene y tal como está, el cuarto cajón contando desde arriba o, lo que es lo mismo, el tercer cajón contando desde abajo. Siento un temor enfermizo de no acertar a darte las instrucciones exactas, porque anímicamente me encuentro en la más profunda angustia, pero, aunque yo me equivocase, identificarás el cajón por su contenido: cierta cantidad de polvos, un frasco y un libro de notas. Te suplico que vuelvas a tu casa de Cavendish Square y te lleves el cajón, pero sin tocar su contenido.

Hasta aquí la primera parte de mi petición; paso ahora a la segunda. Si pones manos a la obra en cuanto recibas esta carta, podrás estar de regreso en tu casa con bastante anterioridad a la medianoche; pero te doy ese margen de tiempo, no solo por temor a que puedan surgir circunstancias imprevistas, sino también porque es preferible, para lo que queda por hacer, que se haga a una hora en que ya estén acostados tus sirvientes. Te pido, pues, que cuando den las doce de la noche te encuentres solo en tu consultorio, para que abras tú mismo la puerta a un hombre que se presentará en mi nombre, y le hagas entrega del cajón que habrás retirado de mi despacho. Con esto queda terminada tu intervención y habrás merecido mi completo agradecimiento. Pero, si insistes en tener una explicación de todo esto, tendrás cinco minutos después la prueba de que todos estos detalles son de la mayor importancia y que bastará que descuides uno solo, a pesar de lo insólito que todo esto te parezca, para que cargues sobre tu conciencia mi muerte y el naufragio de mi razón.

A pesar de toda la confianza que tengo en que no tomarás en broma esta súplica mía, solo con pensar en semejante posibilidad siento un desmayo en el corazón y me tiembla la mano. Piensa que en este mismo instante me encuentro en un sitio extraño, angustiado por horribles e inimaginables preocupaciones, pero con la seguridad completa de que, si haces lo que te suplico, mis dificultades se alejarán igual que un relato cuando ha acabado de contarse. Ayúdame, querido Lanyon, y salva a tu amigo

H. J.

Posdata. Tenía ya lacrada esta carta, pero se ha apoderado de mí un nuevo terror. Es posible que, por culpa del correo, no te llegue esta carta hasta mañana por la mañana. En tal caso, querido Lanyon, haz mi encargo en el transcurso del día, a la hora que más oportuna te parezca, y espera a mi mensajero a medianoche. Quizá sea ya demasiado tarde y, si durante toda esa noche no ocurre nada, ten la certeza de que ya no volverás a ver jamás a Henry Jekyll.

Al leer esta carta, saqué la conclusión de que mi colega desvariaba; pero, mientras esta suposición mía no quedase confirmada sin posibilidad alguna de duda, me consideré obligado a obedecer sus requerimientos. Cuanto menos entendía yo aquel galimatías, más incapacitado estaba para juzgar su importancia; y no era posible desatender un llamado concebido en tales términos sin contraer una grave responsabilidad. Me levanté, pues, de la mesa, tomé un coche de alquiler y marché derecho a la casa de Jekyll.

El mayordomo me estaba esperando; había recibido por el mismo correo que yo una carta dándole instrucciones y había enviado inmediatamente a buscar un cerrajero y un carpintero, que llegaron cuando estábamos hablando. Nos encaminamos en grupo al antiguo anfiteatro de anatomía del Dr. Denmann, del que se pasa con gran facilidad al despacho del Dr. Jekyll. La puerta era muy sólida y la cerradura excelente; el carpintero advirtió que aquello le costaría mucho trabajo y que, si se quería forzar la puerta, habría que causar grandes destrozos; el cerrajero llegó casi a desesperar, pero, como era muy hábil en su oficio, quedó abierta la puerta al cabo de dos horas de trabajo. El armario con la letra E no estaba cerrado con llave. Saqué el cajón, hice que lo embalasen con paja y que lo envolviesen en una sábana, y regresé con él a Cavendish Square.

Una vez allí, procedí a examinar su contenido. Los polvos eran bastante finos, pero no llegaban al grado de impalpabilidad que les habría dado un buen farmacéutico, lo cual quería decir que habían sido fabricados por el mismo Jekyll; al abrir uno de los paquetes, me encontré con lo que me pareció ser una sal simple, cristalina, de color blanco. El frasco, en el que me fijé a continuación, estaba lleno hasta la mitad de un líquido de color rojo sangre, de olor muy cáustico, en cuya composición parecían entrar el fósforo y algún éter volátil. De los demás ingredientes no me fue posible adivinar nada. El libro era un cuaderno corriente de notas y apenas contenía algo más que una serie de fechas. Estas abarcaban un período de muchos años, pero advertí que las anotaciones terminaban hacía un año y de manera brusca. Aquí y allá se veía una observación junto a una fecha; esa observación era por lo común de una sola palabra: "doble", pero apenas si llegaba a repetirse en seis de un total de varios centenares de fechas; una sola vez, hacia el principio de la lista de fechas y entre varios signos de exclamación, se leía: "¡¡Fracaso total!!".

Aunque todo eso aguijoneó mi curiosidad, me dijo muy poca cosa en concreto. Tenía allí un frasco de una tintura desconocida, un papel con cierta sal y el registro de una serie de experimentos, que como tantas otras investigaciones de Jekyll no habían conducido a ningún fin práctico. ¿Cómo era posible que la presencia de semejantes artículos en mi casa pudiese afectar el honor, la razón o la vida de mi frívolo colega? ¿Por qué, si su mensajero podía ir a un sitio, no podía acudir a otro? Pero, aun dando por supuesto algún impedimento, ¿por qué tenía yo que recibir a ese caballero en secreto? Cuanto más meditaba, más me convencía de que me hallaba ante un caso de desequilibrio mental. Envié a mis criados a acostarse, pero cargué un antiguo revólver, por si se presentaba la necesidad de adoptar alguna actitud de defensa.

Apenas habían resonado por todo Londres las campanadas de las doce de la noche, cuando llamaron con mucha cautela a la puerta de calle. Acudí personalmente a la llamada y me encontré con un hombrecito agazapado entre las columnas del pórtico.

—¿Viene de parte del Dr. Jekyll? —pregunté.

Me contestó que sí con gesto de cortedad; y, cuando le rogué que entrase, se volvió para dirigir una mirada escrutadora hacia las sombras de la plaza. No lejos de allí se veía a un policía que avanzaba en nuestra dirección con su linterna encendida; creí observar que mi visitante, al ver aquello, sufrió un sobresalto y se apresuró a entrar.

Confieso que estos detalles me impresionaron de una manera desagradable y que, mientras iba tras él en dirección al consultorio, perfectamente iluminado, llevaba la mano sobre la culata de mi arma. Una vez allí, tuve la posibilidad de verlo con toda claridad. Estaba seguro de no haberlo visto hasta entonces. Ya he dicho que era pequeño; me sorprendió también la expresión desagradable de su cara, en la que se advertía una mezcla de gran actividad muscular y de gran debilidad constitucional, y por último, aunque no en menor grado de importancia, la sensación de desasosiego que producía su proximidad. Esta sensación se parecía hasta cierto punto a un escalofrío e iba acompañada de una notable disminución del pulso. En aquel momento lo achaqué a un desagrado personal, a una particularidad física, y me extrañó únicamente lo agudo de los síntomas; posteriormente he llegado al convencimiento de que la causa tenía raíces más profundas en la naturaleza humana y que se debía a motivos más nobles que los que rigen el aborrecimiento.

El individuo aquel (que de semejante manera, y desde el momento mismo de su entrada, despertó en mí lo que llamaré, porque no encuentro otras palabras, una curiosidad llena de repugnancia) vestía de manera que habría convertido a cualquier persona corriente en objeto de risa; aunque sus ropas eran de muy buena calidad y de dibujos sobrios, resultaban desmesuradamente grandes para él en todo sentido: los pantalones le caían como colgajos, la cintura del saco le quedaba por debajo de las caderas y el cuello le cubría los hombros. Lo curioso del caso es que una vestimenta tan cómica estuvo muy lejos de moverme a risa. Como en la esencia misma del ente aquel que ahora me daba la cara había algo de anormal y de absurdo (algo que llamaba la atención, que sorprendía y que repugnaba), esta nueva anomalía me pareció que concordaba bien con tal anormalidad y la reforzaba; al interés que en mí despertaban la naturaleza y el carácter de aquel sujeto se agregaba de ese modo mi curiosidad acerca de cuáles serían su procedencia, su vida, su situación econòmica y su posición en el mundo.

Estas observaciones, que tanto espacio han exigido para exponerlas, fueron, sin embargo, hechas en cosa de pocos segundos. Hay que decir que mi visitante estaba como sobre ascuas, presa de una excitación sombría.

—¿Lo ha traído? —preguntó—. ¿Lo ha traído?

Su impaciencia era tan intensa, que hasta llegó a ponerme la mano en el brazo y pretendió zarandearme.

Yo lo aparté, porque advertí que su contacto había provocado una punzada gélida en mis venas, y le dije:

—Caballero, olvida que aún no hemos sido presentados. Tenga la amabilidad de tomar asiento.

Para que no se sintiera incómodo, me senté en mi silla de costumbre, simulando lo mejor que pude el mismo trato que adoptaba como norma general con mis enfermos, teniendo en cuenta lo tardío de la hora, la índole de mis preocupaciones y el horror que sentía por mi visitante.

—Le pido perdón, Dr. Lanyon —me dijo entonces con bastante cortesía—. Es muy razonable lo que dice y mi impaciencia ha hecho que deje a un lado la buena educación. Vengo a petición de su colega, Henry Jekyll, para un asunto de alguna trascendencia; tenía entendido... —se detuvo, se llevó la mano al cuello y me di cuenta de que, a pesar de su comportamiento reservado, luchaba contra los primeros síntomas de un ataque de histeria—. Tenía entendido... a propósito de un cajón...

Me compadecí de la ansiedad expectante del individuo y quizá me haya dejado llevar también por mi curiosidad, cada vez más grande.

—Ahí lo tiene, señor —le dije, señalándole con el dedo el cajón, que se hallaba en el suelo detrás de una mesa, cubierto aún con la sábana.

Saltó hacia él, pero luego se contuvo y se apretó el corazón con la mano; oí rechinar sus dientes por efecto del movimiento convulsivo de sus mandíbulas; su rostro era tan espantoso, que sentí alarma por su vida y por su razón.

—Serénese —le dije.

Se volvió hacia mí y me sonrió con una mueca que daba escalofríos; después, como en un impulso de desesperación, arrancó la sábana. A la vista del contenido del cajón dejó escapar un agudo sollozo, expresión de quien se quita un inmenso peso de encima; yo me quedé petrificado en mi asiento. En seguida, con voz ya casi serena, me preguntó:

—¿Tiene un vaso graduado?

Me levanté con cierta dificultad y le di lo que pedía.

Él me dio las gracias sonriendo y con una inclinación de cabeza, midió una pequeña dosis de la tintura roja y le agregó uno de los polvos. La mezcla, que tomó al principio un color rojizo, adquirió un color más vivo conforme se disolvían los cristales, entró en perceptible efervescencia y empezó a despedir vapores humeantes. Cesó de pronto la efervescencia y la mezcla cambió a un color escarlata, que luego se fue difuminando hasta quedar convertido en un color verde pálido. Mi visitante, que había seguido tales transformaciones con impaciencia, sonrió, colocó el vaso encima de la mesa, se volvió y clavó en mí una mirada escudriñadora, diciéndome:

—Y ahora, vamos a lo que queda por hacer. ¿Será usted prudente? ¿Querrá dejarse guiar? ¿Se conformará con que tome este vaso en mi mano y salga de su casa sin hablar más? ¿O lo domina sobre todo el ansia de satisfacer su curiosidad? Piense, antes de dar una contestación, que se hará lo que usted decida. Si decide lo primero, quedará igual que antes, ni más rico ni más sabio, a menos que el sentimiento de haber sido útil a un hombre que se hallaba en una angustia mortal pueda ser considerado como una especie de riqueza del alma. Por el contrario, si elige la otra alternativa, se abrirá ante sus ojos, aquí, en esta misma habitación, dentro de un instante, un nuevo campo del saber y nuevos caminos hacia la fama y el poder, y sus ojos quedarán deslumbrados por un prodigio capaz de hacer tambalear hasta la incredulidad del mismo Satanás.

—Señor —le contesté, mostrando una frialdad que me hallaba muy lejos de sentir—, habla de manera enigmática y acaso no se asombre si le digo que lo escucho con escepticismo. Pero he llegado ya demasiado lejos en el camino de unos servicios inexplicables para detenerme antes de ver el final.

—Perfectamente entonces —respondió el visitante—. Lanyon, recuerde la promesa que ha hecho: lo que sigue queda bajo el secreto de su profesión. Y ahora, usted, que durante tan largo tiempo ha vivido ligado a unas ideas estrechas y materialistas; usted, que ha negado la eficacia de la medicina trascendental; usted, que se ha burlado de quienes le son superiores..., ¡mire!

Se llevó el vaso a los labios y bebió el contenido de un solo sorbo. Lanzó un grito, se tambaleó, vaciló, se agarró a la mesa y se sostuvo de esa manera, mirando con ojos desorbitados e inyectados en sangre, jadeando con la boca muy abierta; y, mientras yo lo miraba, me pareció que tenía lugar un cambio que adquiría mayor volumen; de pronto su cara se ennegreció, sus rasgos daban la impresión de difuminarse y alterarse; un instante después me puse de pie como impulsado por un resorte, di un salto hacia atrás hasta apoyar la espalda en la pared, levanté el brazo como para protegerme del prodigio y mi espíritu se hundió en el terror.

—¡Oh, Dios! —grité—. ¡Oh, Dios! —repetí una y otra vez.

Allí, ante mis ojos, pálido y embargado de emoción, medio desmayado, tanteando con las manos en el aire, como un hombre que acaba de resucitar..., ¡estaba Henry Jekyll!

No puedo decidirme a poner por escrito lo que me contó durante la hora siguiente. Vi lo que vi, escuché lo que escuché y mi alma sintió náuseas; sin embargo, ahora que aquel espectáculo se ha desvanecido de mi vista, me pregunto a mí mismo si lo creo, y no me siento capaz de contestar. Mi vida ha sido sacudida hasta sus raíces; ha huido de mí el sueño; a toda hora del día y de la noche me invade un terror mortal; tengo la sensación de que mis días están contados y de que voy a morir; y, con todo eso, moriré incrédulo. En cuanto a la podredumbre moral que aquel hombre descubrió ante mí, aunque lo hiciese con lágrimas de arrepentimiento, no puedo ni siquiera pensar en ello sin un sobresalto de horror. Una sola cosa diré, Utterson, que será más que suficiente —si es que es capaz de creerla—. El ente que la noche aquella se metió subrepticiamente en mi casa era, por propia confesión de Jekyll, un individuo conocido con el nombre de Hyde, al que buscan en todos los rincones del país como asesino de Carew.

Hastie Lanyon

X. Henry Jekyll hace un relato completo del caso

Nací en el año 18..., heredero de una cuantiosa fortuna, dotado además de cualidades excelentes, inclinado naturalmente a la actividad, deseoso de ganarme el respeto de las personas sabias y buenas. Puede por ello colegirse que tenía asegurado un porvenir honroso y distinguido. El mayor de mis defectos consistía en ese temperamento impaciente, alegre, que ha sido la felicidad de muchos, pero que a mí me resultó difícil de conciliar con mi anhelo imperioso de marchar siempre con la frente alta y de aparecer en público con semblante de una extraordinaria gravedad.

Esta manera de ser trajo como consecuencia que yo ocultase mis placeres; cuando llegué a los años de la reflexión y empecé a mirar a mi alrededor y a hacer el balance de mis progresos y de mi situación en la sociedad, me había habituado ya a una profunda duplicidad en el vivir. Muchos hombres se habrían incluso jactado de la clase de desórdenes de que yo era culpable; pero, desde las alturas ideológicas en que yo me había encaramado, los miraba y los escondía con un sentimiento casi de vergüenza. Fue, pues, la índole exagerada de mis aspiraciones, más que el hecho de que mis faltas fuesen especialmente degradantes, lo que me hizo tal cual soy y lo que dividió con una trinchera más profunda aún que en la mayoría de los hombres las dos zonas del bien y del mal que dividen y confunden en una la naturaleza dual del ser humano. Mi situación me llevó a meditar de una manera profunda y constante en esa dura ley de la vida que se encuentra en la raíz de toda religión y que constituye una de las más abundantes fuentes del dolor.

Aunque era tan arraigada mi costumbre de jugar a dos barajas, jamás fui hipócrita en ningún sentido; yo era sincero en los dos aspectos de mi vida; era tan yo mismo cuando dejaba a un lado toda moderación y me revolcaba en el fango como cuando trabajaba a la luz del día por difundir los conocimientos o por aliviar el sufrimiento y los pesares. Y sucedió que mis estudios científicos mismos, que estaban encaminados hacia lo místico y lo trascendental, arrojaron una intensa luz sobre la conciencia que yo tenía de la guerra permanente que sostenían las dos partes de mi yo. De esta manera me fui acercando todos los días, y desde ambos extremos de mi inteligencia, a la verdad cuyo parcial descubrimiento me ha arrastrado a un naufragio tan espantoso, que el hombre no es realmente uno, sino dos. Y digo dos, porque mis conocimientos no pueden pasar de ese punto. Otros me seguirán, otros vendrán que me dejarán atrás en ese mismo camino; y me arriesgo a conjeturar que acabará por descubrirse que el hombre es una simple comunidad organizada de personalidades independientes, contradictorias y variadas. En cuanto a mí, debido a la naturaleza de mi vida, avanzaba infaliblemente en una dirección única y tan solo en una. Estudiando el lado moral en mi propia persona, aprendí a reconocer la verdadera y primitiva dualidad del hombre. Si en verdad se podía afirmar que yo era una y otra de las dos naturalezas que luchaban entre sí en el campo de mi conciencia, esto ocurría precisamente porque estaba identificado de un modo radical con las dos; desde una época temprana, aun antes de que el curso de mis descubrimientos científicos empezase a dejarme entrever la clara posibilidad de semejante milagro, había aprendido a recrearme, como si soñara despierto, con el pensamiento de la separación de ambos elementos.

Y solía decirme: si fuese posible albergar cada uno de esos elementos en entes separados, la vida quedaría con ello libre de cuanto la hace insoportable; lo pecaminoso podría seguir su propio camino, sin las trabas de las aspiraciones y de los remordimientos de su humano gemelo más puro; y lo virtuoso podría caminar con paso firme y seguro por su sendero cuesta arriba, el del bien, en el que encuentra su placer, sin seguir expuesto a la vergüenza y al arrepentimiento a que lo obliga ese ente maligno extraño a él. Fue una maldición para el género humano que estos dos conjuntos diferentes hayan sido reunidos en uno solo..., que estos gemelos que son dos polos opuestos tengan que luchar continuamente dentro del angustiado seno de la conciencia. ¿Cómo podrían ser disociados?

A este punto había llegado yo en mis reflexiones

cuando, como he dicho, el problema empezó a iluminarse desde la mesa del laboratorio. Yo empecé a percibir mucho más profundamente de lo que hasta entonces se había afirmado la inmaterialidad temblorosa, la mutabilidad, propia de la bruma, de este cuerpo en apariencia sólido que nos recubre. Descubrí que existen agentes capaces de sacudir e ir más allá de esa vestidura carnal como hace el viento cuando impulsa las cortinas. No quiero profundizar en este aspecto científico de mi confesión por dos razones. En primer lugar, porque la experiencia me ha enseñado que el hombre lleva siempre sobre sus espaldas el castigo y la carga de la vida, y que, cuando hace un esfuerzo para quitárselos de encima, retornan sobre nosotros y nos hacen sentir su presión de una manera más extraordinaria y más espantosa. En segundo lugar, porque, como va a demostrarlo mi historia, los descubrimientos que yo había hecho eran incompletos. Baste, pues, decir que no solamente llegué a reconocer la existencia de mi cuerpo como algo distinto de la simple aura y el resplandor emitido por ciertos poderes de que está constituido mi espíritu, sino que conseguí elaborar una droga que arrancaba a esos poderes su supremacía y los reemplazaba con una segunda forma y una segunda apariencia, que a mí me parecían tan naturales como la otra, a pesar de que eran la expresión de los elementos inferiores de mi alma y llevaban su sello.

Vacilé mucho antes de someter esta teoría a la prueba de la experiencia. Sabía perfectamente que arriesgaba en ello mi vida. Una droga que tenía un poder tan fuerte como para controlar y quebrantar el andamiaje mismo de la personalidad era muy capaz de suprimir por completo el tabernáculo espiritual que yo intentaba cambiar, si por casualidad me equivocaba excediendo un poco la dosis o si ocurría algo imprevisto en el momento de realizarse el fenómeno. La tentación de realizar un descubrimiento tan extraordinario y profundo acabó por sobreponerse a las advertencias de mis alarmas. Hacía tiempo que tenía preparada mi pócima; compré a una firma mayorista de productos químicos una cantidad importante de determinada sal que yo sabía por experimentos realizados que constituía el último ingrediente necesario. Cierta noche maldita, a hora ya muy avanzada, preparé los elementos, vigilé mientras hervían y humeaban en el vaso y cuando pasó la ebullición, en un arranque de valentía, bebí aquel brebaje.

Sentí de inmediato los dolores más angustiosos: los huesos desmenuzados, unas náuseas mortales, un horror espiritual que no es posible que se vea sobrepasado ni en la hora del nacimiento ni en la de la muerte. Estas angustias fueron disminuyendo rápidamente y volví en mí como si saliese de una grave enfermedad. Había en mis sensaciones algo raro, algo indeciblemente nuevo y que, por su misma novedad, resultaba de un agrado increíble. Me sentí más joven, más liviano, más feliz físicamente; en mi interior experimentaba una embriagadora despreocupación, sentía correr por mi fantasía un impetuoso caudal de imágenes sensuales con la rapidez de un torbellino, me veía libre de todas las normas morales, con una libertad de espíritu desconocida, pero no inocente. Desde la primera respiración de esta nueva vida mía comprendí que yo era peor, diez veces peor; un esclavo vendido a mi pecado original, y ese pensamiento me reanimó y me deleitó como un vino. Extendí los brazos, exultante con la novedad de tales sensaciones, y en ese instante me di cuenta de que mi estatura había disminuido.

En aquel entonces yo no tenía en mi despacho ningún espejo; este que ahora hay a mi lado mientras escribo fue traído posteriormente y con la intención de poder observar estas transformaciones. Entre tanto, la noche había ido avanzando hasta convertirse en madrugada, una madrugada oscura todavía, pero casi a punto de dar a luz el día; los moradores de mi casa se hallaban sumidos en el más profundo sueño; en el entusiasmo de mis esperanzas y de mi triunfo, resolví aventurarme en mi nueva forma hasta mi propio dormitorio. Crucé el patio; al sentir que las estrellas del cielo me miraban, pude considerarme con asombro y maravilla como el primer individuo de una clase nueva que la incansable vigilancia de aquellas había descubierto hasta entonces; me escabullí por los pasillos como un extraño en mi propia casa; entré en mi habitación y pude ver por vez primera la figura de Edward Hyde.

Al llegar a este punto debo limitarme a hablar en hipótesis únicamente, diciendo no lo que sé, sino lo que me imagino más probable. El lado malo de mi ser, al que yo había transferido la facultad de moverse, era menos robusto y menos desarrollado que el bueno al que yo se la había quitado. En el transcurso de mi vida, casi siempre una vida de esfuerzo, de virtud y de dominio de mí mismo, la parte mala había sido menos ejercitada y seguía siendo vigorosa. Creo que esa es la explicación de que Edward Hyde fuese mucho más pequeño, más ágil y más joven que Henry Jekyll. Y de la misma manera que en la cara de uno resplandecía la bondad, en la del otro estaba escrita con caracteres destacados y claros la maldad. Además, la maldad —debo creer que constituye en el hombre la parte que es causa de su muerte— había marcado en aquel cuerpo un sello de deformidad y decadencia. Sin embargo, al contemplar en el espejo a aquel ídolo desagradable, no observé en mí ninguna sensación de repugnancia, sino más bien un alborozo de bienvenida. Yo era también aquel. Tal sensación era natural y humana. A mis ojos aquel ser era una imagen más viva del espíritu, un ser hecho más expresamente, con más completa individualidad que aquella otra figura imperfecta y contradictoria que hasta entonces había llamado mi yo. Hasta ahí no dejaba de tener razón. He podido observar que, cuando me presentaba en la figura de Edward Hyde, todos los que se me acercaban por vez primera sentían una visible turbación. Y esto, en mi opinión, porque todos los seres humanos con quienes convivimos son una mezcla de bondad y de maldad, y solo Edward Hyde, entre todos los hombres, era maldad pura.

Estuve únicamente unos segundos ante el espejo, porque el experimento segundo, el definitivo, se hallaba todavía por hacer; era preciso comprobar si yo había perdido mi personalidad sin remedio y si me vería obligado a huir, antes de que amaneciese, de una casa que ya no era la mía. Regresé corriendo a mi despacho, preparé y bebí otra vez la copa, sufrí una vez más las agonías de la disolución y volví de nuevo en mí con la personalidad, la estatura y el rostro de Henry Jekyll.

Había llegado aquella noche a la encrucijada fatal. Si hubiese acometido aquel descubrimiento con espíritu más noble, si hubiese corrido los riesgos del experimento mientras estaba bajo el dominio de aspiraciones generosas o piadosas, las cosas habrían pesado de distinta manera y yo habría salido de aquellas angustias de la muerte y del nacimiento convertido en un ángel en lugar de un demonio. La droga no hacía distinciones; no era ni diabólica ni divina; no hacía sino derribar las puertas de la casa-cárcel de mi constitución y entonces, al igual que los cautivos de Filipos,[1] salía al exterior lo que había adentro. En aquel tiempo, mis virtudes dormían; mi lado malo, aguijoneado por la ambición, se hallaba alerta y ágil para aprovechar la oportunidad; y lo que fue proyectado al exterior resultó ser Edward Hyde. De modo que, aunque yo sabía que dentro de mí existían dos personalidades y dos figuras (una era totalmente malvada y la otra seguía siendo el antiguo Henry Jekyll), había aprendido ya a perder toda esperanza de reformar y mejorar esa mezcla absurda. El paso que había dado era, por lo tanto, completamente hacia mi degradación.

Ni aun entonces había yo logrado dominar mi aversión a la aridez de una vida de estudio. Todavía, en ocasiones, me sentía con ánimo alegre y, como mis pla-

---

[1] Alusión a la liberación milagrosa, en la cárcel de Filipos, ciudad de la antigua Macedonia, de san Pablo y los demás presos. El episodio consta en la Biblia, *Hechos de los apóstoles* (16:16-40).

ceres eran (hablando sin rigor) indignos, a pesar de que yo era hombre conocido y altamente apreciado, y, a pesar también de que me acercaba a la vejez, aquella incoherencia de mi vida se iba haciendo cada vez más desagradable. Fue precisamente por eso que mi recién ganada posibilidad me tentó hasta hacerme caer en la esclavitud. Me bastaba con beber la copa para despojarme instantáneamente del cuerpo del conocido profesor y para revestirme, como si fuera una espesa capa, con el de Edward Hyde. Este pensamiento trajo a mis labios una sonrisa; en aquel entonces le encontré un aspecto humorístico y llevé a cabo mis preparativos con minucioso cuidado.

Alquilé y amueblé la casa del Soho, hasta la cual la policía siguió el rastro de Hyde; tomé de ama de llaves a una mujer que yo sabía que no hablaba de más y que carecía de escrúpulos. Por otra parte, hice saber a mis empleados domésticos que cierto Mr. Hyde (a quien les describí) gozaría de plena libertad y autoridad para andar por mi casa; y, para evitar cualquier equivocación, me presenté en la casa para que se familiarizaran todos con mi segunda personalidad. Acto seguido, redacté el testamento al que tú encontraste tantos inconvenientes; me proponía, en caso de ocurrirme alguna desgracia en la personalidad de Henry Jekyll, poder adoptar la de Edward Hyde sin sufrir ningún perjuicio económico. Asegurado ya (al menos así lo creía yo) por todos lados, empecé a aprovecharme de las extrañas inmunidades de mi posición.

Ha habido hombres que han alquilado a matones de oficio para cometer sus crímenes, quedando a resguardo sus propias personas y su reputación. Pero fui yo el primer hombre que echó mano de ese recurso para gozar de sus placeres. Fui el primero que dispuso de la facultad de presentarse en público con un aspecto de amable respetabilidad y que, un instante después, podía despojarse de esos atavíos postizos y zambullirse en el mar de la libertad. Envuelto en aquel manto impenetrable, gozaba de una completa seguridad. ¡Figúrate! ¡Ni siquiera existía! Con que dispusiese del tiempo justo para huir hasta la puerta de mi laboratorio y de un par de segundos para preparar la mezcla y beber la pócima que tenía siempre a punto, cualquier cosa que Edward Hyde hubiese hecho desaparecía como la mancha que deja el aliento sobre un cristal; y, en su lugar, aparecía Henry Jekyll, un hombre que podía reírse de toda sospecha tranquilo y en su casa, reavivando la lámpara de su estudio.

Ya he dicho que los placeres que me apresuré a buscar bajo mi disfraz eran de un género indigno; no tengo por qué emplear un calificativo más duro. Pero, en manos de Edward Hyde, esos placeres empezaron muy pronto a desviarse hacia el terreno de lo monstruoso. Muchas veces, de vuelta de mis expediciones, quedaba yo sumido en una especie de asombro, pensando en la depravación de mi segunda personalidad. Aquel ser interior que yo había sacado al exterior desde mi propia alma, dejándolo en libertad para que se buscase sus placeres, era un ser malvado y ruin por naturaleza; era en sus actos y pensamientos el egoísmo personificado; bebía el placer con avidez bestial en cualquier clase de tortura que podía inferir a otro; era implacable como un hombre sin corazón. Henry Jekyll se quedaba en ocasiones mudo de asombro ante los actos de Edward Hyde; pero aquella situación escapaba a las normas corrientes y relajó insidiosamente la presión de la conciencia. A fin de cuentas, era Hyde y nadie más que Hyde el culpable. Jekyll era el mismo de antes: volvía a su antigua personalidad sin que sus virtudes hubiesen sufrido menoscabo; y hasta, siempre que le era posible, se apresuraba a deshacer el daño infligido por Hyde. De ese modo su conciencia seguía adormecida.

No tengo el propósito de entrar en los detalles de la infamia de la que me hice cómplice de esta manera (aun ahora no me reconozco como su autor). Quiero únicamente destacar las advertencias y las etapas sucesivas del castigo mío que se iba acercando. Tuve un percance del que me limitaré a hacer mención, porque no tuvo mayores consecuencias. Un acto de crueldad que cometí con una niña despertó contra mí la ira de cierto transeúnte, al que el otro día reconocí en la persona de tu pariente; un médico y la familia de la niña hicieron causa común con él; hubo momentos en que llegué a temer por mi vida; por último, y para acallar su justo resentimiento, Edward Hyde tuvo que llevarlos a la puerta y pagarles con un cheque firmado por Henry Jekyll. Pero de ahí en adelante eliminé con facilidad ese peligro abriendo una cuenta en otro banco a nombre de Edward Hyde; y, después de proveer a mi doble con una firma, dando a las letras una inclinación hacia atrás, pensé poder mirar tranquilamente el porvenir.

Un par de meses antes del asesinato de sir Danvers, había salido yo a una de mis aventuras, de la que regresé muy tarde; al día siguiente me desperté en mi cama, presa de sensaciones algo raras. Miré inútilmente a mi alrededor; fue también inútil que viese el mobiliario lujoso y las grandes proporciones de mi dormitorio de la casa de la plazoleta; fue inútil que reconociese el dibujo de las cortinas de la cama y de la armazón de caoba; algo seguía diciéndome insistentemente que yo no estaba donde estaba, que no me había despertado donde creía estar, sino en mi pequeña habitación del Soho, en la que solía dormir con el cuerpo de Edward Hyde. Sonreí para mis adentros y siguiendo mis normas psicológicas me puse a analizar perezosamente los factores de aquella ilusión; y de cuando en cuando, mientras analizaba, volvía a caer en una grata modorra matinal. En un instante de mayor claridad mental me fijé en mis manos. Las de Henry Jekyll, como tú pudiste observar con frecuencia, eran, por su tamaño y por su forma, propias de un hombre de su profesión: amplias, firmes, blancas y distinguidas. Pero las que veía yo ahora, con bastante claridad a la luz amarillenta de una media mañana londinense, medio cerradas y descansando en las ropas de la cama, eran delgadas, contraídas, nudosas, de una fea palidez y espesamente sombreadas por un tupido vello negro. Eran las manos de Edward Hyde.

Debí quedarme mirándolas fijamente medio minuto, porque estaba hundido en la estupefacción de mi asombro; pero, de pronto, estalló dentro de mí un terror similar al sobresalto estrepitoso de los platillos de orquesta; salté de la cama y corrí al espejo. Ante la imagen que vieron mis ojos, se me heló la sangre en las venas. Sí, me había acostado en mi personalidad de Henry Jekyll y me despertaba como Edward Hyde.

¿Cómo se explicaba aquello? Esa fue la pregunta que me hice primero; pero luego, con otro sobresalto de terror, me pregunté: ¿y cómo remediarlo?

La mañana estaba bastante avanzada; la servidumbre andaba por la casa; mi brebaje estaba en el despacho; era un trayecto largo, había que bajar dos tramos de escaleras por la puerta de atrás, cruzar después el patio y el anfiteatro de anatomía. Yo estaba paralizado de espanto. Quizá fuese posible cubrirme la cara, pero ¿de qué serviría esto si me era imposible disimular la disminución de mi estatura? Entonces recordé, con un sentimiento abrumador de alivio, que mis sirvientes estaban acostumbrados a ver ir y venir a mi segundo yo. No tardé en vestirme, como pude, con las prendas de mi propia talla; recorrí la casa, tropezando con Bradshaw, que abrió ojos de asombro y se echó atrás al ver a Mr. Hyde a semejantes horas y con tal indumentaria; diez minutos después, el Dr. Jekyll había recobrado su propia talla y conformación y simulaba desayunar, meditabundo y ceñudo.

Mi apetito era escaso, desde luego. Aquel percance inexplicable, aquel invertirse de mis anteriores experimentos, me daban la impresión de la mano babilónica[2] que dibujaba en la pared las palabras de mi propia condena; empecé a reflexionar con más seriedad que hasta entonces en las perspectivas y posibilidades de mi doble existencia. Aquella parte de mi ser que yo podía proyectar al exterior había recibido en los últimos tiempos mucha alimentación y una gran cantidad de ejercicio;

---

2 Referencia al episodio bíblico narrado en el capítulo 5 del *Libro de Daniel*.

experimentaba yo la sensación de que el cuerpo de Edward Hyde había aumentado de estatura últimamente, como si, cuando yo adoptaba su forma, corriese por mis venas un caudal mayor de sangre; empecé a entrever el peligro de que, si aquello se prolongaba mucho, pudiera alterarse de un modo permanente el equilibrio de mi naturaleza y perderse la facultad de transformación bajo la personalidad de Edward Hyde. La droga aquella no había mostrado siempre la misma fuerza. En cierta ocasión, en los comienzos mismos de mi carrera, me había fallado por completo; desde aquel percance me vi obligado en más de una ocasión a doblar y hasta triplicar la dosis, con enorme peligro de muerte; aquellas raras incertidumbres habían constituido hasta entonces la única sombra de mi felicidad. Ahora, sin embargo, mirando las cosas a la luz del percance de aquella mañana, me di cuenta de que, si la dificultad en los comienzos había consistido en hacer desaparecer el cuerpo de Jekyll, ahora se iba transfiriendo esa dificultad al lado contrario. Todo me llevaba, pues, a esta conclusión: que iba perdiendo el control de mi yo original, del mejor, incorporándome poco a poco a mi segunda personalidad, a la peor.

Comprendí que había llegado el momento de elegir entre ambas. Mis dos personalidades tenían en común la memoria, pero las demás facultades se hallaban repartidas en una y otra de modo muy desigual. Jekyll (que era una personalidad compleja) proyectaba y participaba en los placeres y aventuras de Hyde, unas veces con vivos recelos y otras con deleite; pero a Hyde le era indiferente Jekyll, o si se acordaba de él era como el bandido de la montaña recuerda la cueva en que se esconde cuando lo persiguen. Jekyll sentía un interés que tenía algo de paternal; la indiferencia de Hyde se parecía más a la de un hijo. Decidirme por seguir siendo Jekyll era como morir para aquellos placeres a los que llevaba ya mucho tiempo entregándome en secreto y que últimamente había empezado a consentir. Decidirme por Hyde era morir para un sinfín de intereses y aspiraciones y quedarme, de golpe y para siempre, sin amigos y despreciado. La transacción no parecía equilibrada; pero aún había otra cosa que sopesar en la balanza: Jekyll sufriría mucho en el infierno de la abstinencia, pero Hyde no se daría cuenta siquiera de lo que había perdido.

Por extrañas que fuesen las circunstancias en que se me planteaba el problema, sus términos eran tan antiguos y tan vulgares como el hombre: esas mismas consideraciones y alarmas son las que cuentan cuando el pecador, tembloroso, se ve acometido por la tentación; me ocurrió lo mismo que suele sucederle a la mayoría de los seres humanos: elegí el bien, pero me faltaron fuerzas para llevar adelante mi elección.

Sí, me decidí por el anciano y descontento doctor, rodeado de amigos y acariciando honradas esperanzas; dije un terminante adiós a la libertad, a la juventud relativa, a la agilidad de miembros, al pulso firme y a los placeres secretos de que venía disfrutando bajo el disfraz de Hyde. Quizás al hacer esta elección tuve algunas reservas inconscientes, porque ni dejé la casa del Soho ni destruí las ropas de Hyde, que aún siguen en buen estado en mi despacho. Sin embargo, permanecí por espacio de dos meses fiel a mi determinación; llevé una vida más austera que nunca y gocé de las compensaciones que ofrece la conciencia satisfecha. Pero el tiempo empezó a borrar la vivacidad de mis temores; los elogios de mi conciencia empezaron a convertirse en cosa de rutina; comencé a sentirme torturado por angustias y por anhelos, como si Hyde estuviese luchando por su libertad; finalmente, en una hora de debilidad moral, volví a preparar y a beber la droga transformadora.

Me imagino que, cuando un borracho habitual discurre consigo mismo acerca de su vicio, ni siquiera una vez en quinientas se impresiona por los peligros que le hace correr su brutal insensibilidad física; tampoco yo, a pesar de todo lo que medité en mi situación, tuve en cuenta la completa insensibilidad moral y la inclinación insensata a la maldad que eran las características más destacadas de Hyde. Y fue por esas cualidades por donde vino mi castigo. Mi demonio llevaba largo tiempo enjaulado y salió rugiendo. En el momento mismo de tomar la pócima tuve la sensación de que su propensión al mal era ahora más indómita, más furiosa. Me imagino que hay que atribuir a esa disposición de ánimo la tempestuosa impaciencia con que presté oídos a las frases corteses de mi desdichada víctima; declaro al menos ante Dios que ningún hombre moralmente sano sería capaz de hacerse culpable de aquel crimen alegando tan lamentable provocación; y declaro también que golpeé a mi víctima con la misma obcecación con que un niño enfermo rompería un juguete. Yo me había despojado voluntariamente de todos los instintos de sensatez que hasta en el peor hombre hacen que este pueda caminar entre las tentaciones con cierto grado de firmeza; en mi caso, la tentación, por leve que fuese, equivalía a una caída.

El espíritu del infierno se despertó en mí instantáneamente y se enfureció. En un verdadero arrebato de júbilo golpeé al hombre aquel, que no se resistía, saboreando un deleite en cada bastonazo; solo cuando empecé a sentir cansancio, en el momento máximo de mi acceso de delirio, sentí súbitamente traspasado mi corazón por un escalofrío de terror. Fue como si se disipase una niebla; vi que mi vida estaba perdida y hui volando del escenario de aquellos excesos, tembloroso y triunfante, con mi afición al mal satisfecha y estimulada y con mi amor a la vida vibrando como cuerda tensa. Corrí a mi casa del Soho y, para duplicar mi seguridad, quemé mis documentos; salí de allí y caminé por las calles, alumbradas con los faroles de gas; sentía mi alma dividida por un doble éxtasis: saboreaba mi crimen, planeando despreocupado otros para el futuro, pero apresurando cada vez más el paso y al acecho siempre de los del vengador. Cuando Hyde preparó la droga aquella noche, lo hizo tarareando una canción y, al beberla, brindó por el muerto. Aún no habían acabado de desgarrarlo las angustias de la transformación y ya Henry Jekyll caía de rodillas y alzaba las manos juntas al cielo, entre raudales de lágrimas de gratitud y de arrepentimiento.

Se rasgó de la cabeza a los pies el velo del egoísmo complaciente y vi mi vida como un todo. Empecé desde los días de mi niñez, cuando caminaba de la mano de mi padre, y seguí por los abnegados esfuerzos de mi vida profesional, para llegar, una vez y otra, con la misma sensación de cosa irreal, a los horrores malditos de aquella noche. Sentía impulsos de gritar; me esforcé por apagar con lágrimas y plegarias la multitud de imágenes y sonidos horribles que se acumulaban en mi memoria, acusándome; pero, a pesar de todo, entre súplica y súplica, surgía en mi alma, mirándome con ojos de asombro, la hedionda faz de mi iniquidad. A medida que empezó a apagarse la vivacidad de aquel remordimiento, me sentí inundado por un sentimiento de alegría. Quedaba solucionado el problema de mi conducta. Era imposible ya la existencia de Hyde; lo quisiera yo o no, quedaba forzosamente confinado en la parte mejor de mi personalidad. ¡Qué alegría me produjo pensar en ello! ¡Con qué voluntaria humildad me abracé de nuevo a las limitaciones de mi vida normal! ¡Con qué sincero sentimiento de renunciación cerré con llave la puerta por la que tantas veces había entrado y salido y pisoteé su llave hasta romperla!

Me llegaron al día siguiente las noticias de que había habido un testigo del crimen, que todo el mundo conocía la culpabilidad de Hyde y que la víctima era un caballero que gozaba de gran estimación pública. No se trataba simplemente de un crimen, sino de una trágica locura. Creo que me alegré de aquello; creo que me alegré de que la parte mejor de mí mismo se encontrase reforzada y defendida por el terror a la horca. Jekyll era ahora mi lugar de refugio; que Hyde se mostrase un solo instante y todos se abalanzarían sobre él para apresarlo y para matarlo.

Decidí redimir con mi conducta futura mi pasado y

puedo decir honradamente que mi resolución ha dado algunos frutos. Tú has sido testigo del empeño con que en los últimos meses del año pasado trabajé por aliviar sufrimientos; tú eres testigo de que hice mucho por los demás y que los días transcurrieron tranquilos y casi felices para mí. Tampoco puedo decir con verdad que me hastié de aquella vida inocente y benéfica; por el contrario, creo que cada día disfrutaba más de ella; pero seguía pesando sobre mí la maldición de mi dualidad de tendencias; y, cuando se melló el primer filo de mi arrepentimiento, mi yo peor, al que durante tanto tiempo había consentido y que llevaba tan poco tiempo encadenado, empezó a gruñir pidiendo libertad. No es que yo soñase con resucitar a Hyde; esta simple idea habría sido suficiente para sobresaltarme hasta la locura; no, mi tentación de ahora tendía a reblandecer la conciencia en mi propia persona; y, si acabé cayendo ante los ataques de la tentación, fue como un pecador común que peca en secreto.

Pero todas las cosas tienen un límite; el recipiente mayor acaba por llenarse y aquella pequeña concesión que hice a mi parte mala arruinó por último el equilibrio de mi alma. Sin embargo, yo no estaba alarmado; aquella caída me parecía natural, era como una vuelta a los días antiguos, cuando no había hecho aún mi descubrimiento.

Fue en un día despejado y hermoso del mes de enero, húmedo el suelo, donde la escarcha se había derretido, pero sin una nube en el cielo; el Regent's Park estaba lleno de gorjeos de invierno e impregnado de aromas primaverales. Me senté al sol en un banco; el animal que había dentro de mí saboreaba los fragmentos del recuerdo; la parte espiritual se hallaba un poco amodorrada, prometiendo hacer penitencia, pero sin resolverse aún a empezarla. Después de todo, pensaba yo, me parezco a los que me rodean; y entonces sonreí, comparándome con los demás hombres, comparando mi bondad activa con la crueldad indolente de su indiferencia. En el instante mismo en que cruzaba por mi cerebro aquel pensamiento de vanagloria experimenté una sacudida en todo mi cuerpo, unas náuseas horrendas y unos escalofríos mortales. Pasó aquello y quedé presa de gran debilidad; cuando empezó a pasar esta, fui tomando conciencia de un cambio en el tono de mis pensamientos, de una audacia mayor, de un desprecio del peligro y de que se deshacían en mí los lazos de toda moral. Bajé la vista para mirarme los pies y vi que las ropas colgaban llenas de pliegues y sin forma en mis miembros encogidos; las manos que se apoyaban en mis rodillas eran nudosas y velludas. Había vuelto a ser Edward Hyde. Un momento antes era yo un hombre que podía contar con el respeto de todos, un hombre rico, apreciado..., al que esperaba la mesa puesta en el comedor; ahora no era ya sino la presa perseguida por todo el género humano, un hombre sin cobijo, un asesino conocido, carne de horca.

Mi cerebro vaciló, pero no me abandonó por completo. Más de una vez he observado que cuando vivo en mi segunda personalidad parece como si mis facultades estuviesen más aguzadas y mi ánimo más tenso y elástico; así ocurrió en esta situación. Quizá Jekyll habría sucumbido, pero Hyde supo estar a la altura de las circunstancias. Mi droga estaba en uno de los armarios de mi despacho: ¿cómo iba yo a hacerme de ella? Ese era el problema, cuya solución acometí, oprimiéndome las sienes con ambas manos. Si yo intentaba entrar en mi casa, mis mismos sirvientes me enviarían a la horca. Comprendí que tenía que apelar a otra persona y pensé en Lanyon. ¿Cómo iba a ponerme en comunicación con él? ¿Cómo lo convencería? Suponiendo que me librara de que me capturasen en las calles, ¿cómo llegar hasta él? ¿Y cómo era posible que yo, un visitante desconocido y antipático, consiguiese que el famoso médico saquease el laboratorio de su colega Henry Jekyll? Recordé entonces que aún me quedaba un detalle de mi personalidad anterior: podía escribir con mi propia letra. En cuanto surgió en mi cerebro aquella chispa reconfortante, se iluminó desde el principio hasta el fin la ruta que debía seguir.

Puse manos a la obra; me arreglé la ropa lo mejor que pude, llamé a un coche que pasaba, me hice conducir a un hotel de Portland Street, de cuyo nombre me acordaba casualmente. El cochero no pudo disimular su risa al ver mi aspecto (que era realmente cómico, aunque ocultase una tragedia). Yo le dirigí una mirada de furia diabólica, haciendo rechinar al mismo tiempo los dientes; se esfumó la risa de su cara... afortunadamente para él..., pero más afortunadamente para mí, porque si seguía riéndose un momento más lo habría arrojado de su asiento. Al entrar en el hotel dirigí a mi alrededor una mirada tan amenazadora, que el personal de servicio tembló; mientras estuve allí, no se atrevieron ni siquiera a mirarse unos a otros y todos acudieron obsequiosos para ver qué mandaba; me condujeron a una habitación y me llevaron los elementos necesarios para escribir.

Hyde, en un momento en que su vida estaba en peligro, resultaba una novedad para mí: arrebatado de una furia excesiva, aguijoneado hasta el borde del asesinato, anhelando hacer sufrir a alguien. Pero era un personaje astuto; dominó con gran esfuerzo de voluntad la furia que sentía; escribió con serenidad las dos cartas importantes que tenía que escribir, una a Lanyon y otra a Poole, y para tener la seguridad de que las echaban al correo ordenó que las certificasen.

Desde ese momento permaneció sentado junto al fuego, mordiéndose las uñas; cenó allí mismo, a solas con sus temores, haciendo temblar al camarero cuando clavaba en él su mirada; cuando se hizo de noche, salió y se acomodó en un rincón de un coche cerrado y se hizo conducir por las calles de la ciudad sin rumbo fijo. Estoy hablando de él como de un hombre, pero aquel engendro del infierno no tenía nada de humano; dentro de él solo había lugar para el temor y el odio. Por último, cuando le pareció que el cochero había empezado a sentir recelos, le pagó y se aventuró a pie, con sus ropas ya demasiado sueltas y flojas, blanco de todas las miradas entre los transeúntes nocturnos. El odio y el temor bramaban en su interior como una tempestad. Caminó con paso rápido, asaltado por sus miedos, cuchicheando consigo mismo, escabulléndose por las calles menos concurridas, contando los minutos que aún lo separaban de la medianoche. Una mujer le habló; creo que le ofrecía vender una caja de fósforos. Le dio una bofetada y ella huyó.

Cuando volví a mi personalidad en casa de Lanyon

Robert Louis Stevenson

me dejé quizás afectar algo por el horror que manifestó mi viejo amigo; no lo sé; en todo caso, fue una gota en el mar del aborrecimiento con que yo volvía mi vista hacia aquellas horas. Había tenido lugar en mí un cambio. No era ya el miedo a la horca, sino el horror de ser Hyde el que me destrozaba. Oí medio en sueños la condena de Lanyon y también medio en sueños regresé a casa y me acosté. Después de las emociones agotadoras del día, dormí con un sueño intenso y profundo, que ni siquiera las pesadillas consiguieron turbar. Desperté por la mañana quebrantado, débil, pero sereno. Seguía aborreciendo a Hyde y pensando con temor en la bestia que dormía dentro de mí y, como es de suponer, no había olvidado los peligros espantosos del día anterior; pero me veía una vez más en mi hogar, dentro de mi casa y cerca de mi droga; la gratitud de que me sentía poseído por haber escapado del peligro era tan viva en mí que casi rivalizaba con la luminosidad de mi esperanza.

Cruzaba yo sin prisas el patio después de desayunar, aspirando con delicia el frescor del aire, cuando se apoderaron otra vez de mí las indescriptibles sensaciones que anunciaban el cambio; tuve el tiempo justo para alcanzar el refugio de mi despacho, antes de verme ya arrebatado y endurecido por las pasiones de Hyde. Necesité en esta ocasión una doble dosis para recobrar mi personalidad; pero, ¡ay!, seis horas después, cuando estaba sentado mirando tristemente el fuego, volvieron los dolores y tuve que tomar otra vez la droga. En una palabra: desde aquel día y hasta ahora solo he logrado conservar mi aspecto de Jekyll realizando un esfuerzo parecido al de un gimnasta y bajo el estímulo inmediato de la droga. El escalofrío preliminar me acometía en cualquier momento del día y de la noche; sobre todo, en cuanto me dormía, o simplemente me quedaba amodorrado en mi silla, era para despertarme convertido en Hyde.

Bajo la tensión de esta amenaza pendiente en todo momento sobre mí, y por el estado de vigilia a que estoy condenado, sí, hasta más allá del límite que siempre pensé que nadie podría traspasar, he llegado a convertirme en un ser devorado y vaciado por la fiebre, poseído de una debilidad lánguida de alma y cuerpo y dominado únicamente por un pensamiento: el horror de mí mismo. Pero cuando me dormía, o cuando se pasaba la eficacia de la medicina, saltaba casi sin transición alguna (porque las angustias de la transformación se iban haciendo cada día más débiles) a un estado delirante en el que hormigueaban las imágenes terroríficas, mi alma hervía con rencores sin motivo y mi cuerpo no parecía lo suficientemente fuerte para contener dentro de él las furiosas energías de la vida.

Con la enfermedad de Jekyll, Hyde parecía haber cobrado nuevo poder. Desde luego, el odio que ahora los separaba era igual por ambas partes. En Jekyll era obra del instinto vital. Había llegado a ver en toda su magnitud la deformidad de aquel ser con el que había compartido algunos de los fenómenos de la conciencia y con el que compartiría la muerte; fuera de estos lazos en común, que venían a ser la parte más aguda de su dolor, pensaba con toda su energía vital en Hyde como en un ente no solo diabólico, sino inorgánico. Eso era lo más desagradable: que el fango del pozo parecía lanzar gritos y voces; que el polvo amorfo gesticulaba y pecaba; que lo que era materia muerta, sin forma, usurpase las funciones de la vida. Y aún más: que aquel ser horrible y rebelde estaba unido a él más estrechamente que una esposa, más íntimamente que sus ojos, porque estaba enjaulado en su propia carne, dentro de la cual lo oía balbucear y esforzarse por nacer; y que se sobreponía a él, aprovechando cualquier momento de debilidad suya o el abandono del sueño, para destronarlo de la vida.

El odio que Hyde sentía contra Jekyll era distinto. Su terror de ir a parar a la horca lo arrastraba constantemente a cometer un suicidio temporal, volviendo a ocupar su lugar subalterno como parte de un todo, en vez de ser una persona completa; pero aborrecía esa necesidad en que se encontraba; detestaba aquel abatimiento en que Jekyll había caído y le dolía la repugnancia con que era mirado. De ahí las artimañas propias de un mono que empleaba conmigo, garabateando blasfemias con mi propia mano en las páginas de mis libros, quemando las cartas y destruyendo el retrato de mi padre; de no haber sido por su miedo a morir, hace ya mucho tiempo que habría acabado conmigo para envolverme también en su ruina. Pero tiene un asombroso amor a la vida; es más: yo, que me mareo y me quedo rígido solo con pensar en él, siento que lo compadezco de corazón cuando reflexiono en lo abyecto y apasionado de su apego a la vida y cuando me doy cuenta del miedo que le inspira el poder que yo tengo de cortársela mediante el suicidio.

Es inútil que prolongue esta descripción y, además,

el tiempo me falta; baste decir que nadie ha sufrido jamás tormentos como los míos, pero el hábito ha traído, tal vez no un alivio, pero sí por lo menos cierto endurecimiento del alma y cierta conformidad en la desesperación; mi castigo se habría quizá prolongado durante años de no haber sido por la última de las calamidades que ha caído sobre mí y que me ha separado de un modo definitivo de mi propio rostro y de mi propia naturaleza.

La provisión de las sales que empleo, y que no había repuesto desde mi primer experimento, empezó a escasear. Envié en busca de otra cantidad y la mezclé con la pócima; se produjo la ebullición y el primer cambio de color, pero no el segundo; la bebí, pero no produjo ningún efecto. Ya te contará Poole cómo he hecho registrar todo Londres inútilmente; he acabado por convencerme de que la primera sal que compré era impura y que fue precisamente esa impureza la que daba eficacia a la pócima.

Ha transcurrido casi una semana y estoy dando fin a esta confesión bajo la influencia de la última dosis de la sal primera. A menos, pues, que suceda un milagro esta es la última vez que Henry Jekyll podrá pensar con sus propios pensamientos y ver en el espejo su propio rostro (¡qué tristemente cambiado!). No puedo tampoco demorar demasiado el dar fin a este escrito; si mi relato ha escapado hasta ahora a la destrucción, se debe tanto a mi prudencia como a la buena suerte. Si las angustias del cambio de personalidad me acometiesen en el instante en que estoy escribiéndolo, con seguridad que Hyde lo rompería en pedazos; pero si le he dado ya fin y puesto fuera de su alcance cuando aquello ocurra, su asombroso egoísmo y estrechez de miras quizá pudieran salvarlo, una vez más, de su malevolencia de bestia. A decir verdad, la desgracia fatal que se cierne sobre nosotros dos lo ha cambiado ya y lo tiene abrumado. Sé que de aquí a media hora, cuando me reintegre de nuevo y para siempre a esa odiada personalidad, me veré sentado en este sillón, tembloroso y llorando, o reanudaré, con toda la vida concentrada en un éxtasis auditivo, con un esfuerzo tremendo y con sacudidas de terror, mis paseos incansables por esta habitación (mi último refugio terrenal), escuchando todos los ruidos que pueden significar una amenaza. ¿Morirá Hyde en el cadalso? ¿O encontrará en sí mismo el valor suficiente para liberarse de sí mismo en el último instante? Dios lo sabe; a mí me tiene sin cuidado; esta es la hora verdadera de mi muerte y lo que venga después concierne a otro y no a mí mismo. Y por eso, al dejar la pluma encima de la mesa y proceder a lacrar mi confesión, pongo fin también a la vida del desdichado Henry Jekyll.

Estudio de *El extraño caso del Dr. Jekyll y Mr. Hyde*

Por Fernando Sorrentino

[Biografía del autor]

Robert Louis Stevenson nació en Edimburgo (Escocia) el 13 de noviembre de 1850, en el seno de una familia burguesa, y falleció el 3 del mismo mes de 1894 en Vailima, actual Estado Independiente de Samoa Occidental.

Su infancia, que pudo haber sido muy dichosa, se vio turbada por la frágil salud de su madre, que le impidió recibir una educación regular. De tal modo que Stevenson adquirió las destrezas de la lectura y la escritura alrededor de los nueve años de edad.

Entre los trece y los diecisiete años acompañó a su padre en sus frecuentes viajes por zonas tropicales, países que lo fascinaron y por los que siempre sintió nostalgia.

Por tradición familiar (su padre era ingeniero), ingresó en la Universidad de Edimburgo para seguir la carrera de ingeniería náutica, con vistas a heredar la profesión de constructor de puentes, que se trasmitía desde sus antepasados.

Pero ni la ingeniería náutica ni las ciencias exactas constituían su vocación. No obstante, esos estudios le sirvieron para familiarizarse con la gente de mar y la terminología marinera, conocimientos que luego aplicó con propiedad en sus narraciones.

Abandonó los estudios científicos por los de derecho, y empezó a practicar la abogacía en 1875, aunque sin mayor interés, ya que había descubierto su verdadera inclinación hacia cuestiones lingüísticas y literarias. Por esa época fueron manifestándose los síntomas de una tuberculosis acaso congénita e inició una serie de viajes por el continente.

Empezó a colaborar en *The Cornhill Magazine*, y se radicó en Fontainebleau, Francia. En 1876 se enamoró, en Grez, de Fanny Osbourne, mujer norteamericana, separada de su marido y diez años mayor que él. Ella obtuvo el divorcio y, en 1880, se casó con Stevenson. Durante un tiempo vivieron en Calistoga, en el Lejano Oeste: el libro *A través de los llanos* relata estas experiencias, signadas por la pobreza y la enfermedad.

Un viaje al continente (1878) fue su primer libro y lo ubicó en un lugar destacado entre sus colegas. En diversas revistas fueron apareciendo las historias fantásticas de *Las nuevas noches árabes* (1878). Un viaje por el sur de Francia le brindó el tema de *Viajes en burro por las Cevennes* (1879).

Más tarde volvió a radicarse en este país, donde vivió dos años. En 1883 publicó el más famoso de todos sus libros: *La isla del tesoro*. Entre 1884 y 1887 se estableció en Bournemouth, Inglaterra. Su libro *El jardín de los versos de un niño* (1885) inauguró un nuevo mundo poético que pronto se tornó familiar para el lector inglés. Esa época corresponde a gran actividad literaria de Stevenson. Escribió comedias y entremeses teatrales y, sobre todo, el famoso relato *El extraño caso del Dr. Jekyll y Mr. Hyde* (1886), y numerosas narraciones ambientadas en Escocia.

En 1887 publicó un breve libro de versos, *Underwoods*, y, buscando alivio para su dolencia pulmonar, se dirigió a Estados Unidos, a la zona de los montes Adirondack, en Lake Saranac. Al año siguiente emprendió un viaje por el Pacífico meridional, región que lo atraía por su clima benigno y la vida exótica y simple de las islas de la Polinesia; por último se estableció en Upolu, la principal de las islas Samoa. Su propiedad rural y la localidad donde se hallaba situada –unos cuatro kilómetros al sur de Apia, la capital del país– se llama Vailima, nombre que le dio el propio Stevenson y que significa "cinco ríos".

Allí se interesó por la existencia de los indígenas (quienes lo bautizaron Tusitala: "el contador de historias"), trabajó constantemente en nuevos libros, a veces en colaboración con su hijastro, Lloyd Osbourne, y finalmente falleció, tras un ataque cerebral. En 1893, en una carta, había manifestado: "Durante catorce años no he sabido lo que es un solo día entero de salud. He escrito enfermo, sufriendo hemorragias, con ataques de tos, afiebrado...".

[Análisis de la obra]

1. La época victoriana

Por las fechas en que se desarrolló su existencia (1850-1894), Stevenson se halla situado en la época victoriana, llamada así debido al extenso reinado (1837 a 1901) de Victoria I.

Giacomo Prampolini[1] caracteriza así la época victoriana:

Entre 1830 y 1840 comenzó, realmente, un período nuevo para la sociedad inglesa: la ley electoral de 1832, al extender el derecho de voto y conceder una responsable influencia política a los nuevos centros manufactureros, trasladó el poder de la antigua aristocracia a la joven burguesía industrial. Leyes sucesivas, hasta 1867, completaron las reformas políticas y favorecieron la expansión comercial; algunas guerras lejanas[2] no retardaron el ritmo de la creciente prosperidad económica. En la segunda mitad del reinado de la

---

[1] Prampolini, Giacomo: *Historia universal de la literatura*, Buenos Aires, UTEHA, 1956, tomo VIII, págs. 55-56.

[2] Guerra de Crimea (1854-1856), terminada con la paz de París; guerra de China (1856); rebelión en la India (1858).

reina Victoria, Inglaterra, al través del liberalismo de Gladstone[3] y del imperialismo de Disraeli,[4] continuó su segura ascensión a la categoría de potencia mundial; aun dejando sin resolver graves problemas internos (la cuestión irlandesa), se aseguró el dominio de los mares, amplió los límites del imperio y consolidó su trabazón.[5]

El cuadro político se completa con la evolución económica y social: las múltiples aplicaciones de la ciencia a la industria, el prodigioso desarrollo adquirido por las máquinas, transformaron la isla agrícola y rural tan querida de Wordsworth[6] en un país de oficinas y de talleres; la gradual actuación del régimen democrático favoreció la elevación cultural de las clases más humildes; el periódico, la revista y el libro económico atrajeron hacia la vida del espíritu a la nación entera. La era victoriana parecía encarnar la tranquilidad y la riqueza, y la literatura reflejó, por algún tiempo, la tranquila satisfacción de aquel apogeo: luego, instrumento más sensible que las disputas de partido o el juego bursátil, comenzó a registrar dudas, desconfianzas, incertidumbres, toda la

---

3 William Ewart Gladstone (1809-1898), escritor inglés, adversario de Disraeli. Dominó la política inglesa desde 1833 hasta 1894.

4 Benjamin Disraeli (1804-1881), novelista y político inglés, primer ministro desde 1874 hasta 1880.

5 William Wordsworth (1770-1850), poeta inglés, del grupo de los denominados *lakistas*.

6 He aquí los hechos principales de la política exterior inglesa: 1867, constitución del dominio del Canadá; 1876-1880, segunda guerra contra Afganistán; 1878, intervención en la guerra rusoturca; 1882-1899, campaña en Egipto y Sudán; 1899, comienzo de la guerra sudafricana que, por la tenaz resistencia de los bóers, no terminó hasta 1902, con la anexión del Transvaal y del Estado Libre de Orange a la Colonia del Cabo; 1901, constitución del Commonwealth de Australia.

inquietud que se acumulaba por el malestar social y espiritual, mal disimulado bajo los aparentes esplendores. Hablando con mayor precisión, el período de equilibrio optimista, de firmeza constructiva, posible solamente gracias a una síntesis provisional de las tendencias opuestas, el período típico del fariseísmo burgués, del falso sentimentalismo, duró poco más de cuarenta años (1832-1875); resurgieron luego las divergencias, el descontento del neoclasicismo, la necesidad de la investigación crítica, y, en medio de un tumulto de ideologías y de direcciones, se llegó a la Primera Guerra Mundial.

Pero después de haber circunscripto así, desde el punto de vista literario, la era victoriana, nótese que no le corresponde del todo un panorama uniforme ni un tranquilo dominio de la energía práctica y del racionalismo materialista que se contenta con finalidades concretas; no faltan los espíritus que protestan en nombre del sentimiento y de la pasión, ni los movimientos antagónicos de orden religioso, estético y social. La evolución del pensamiento filosófico es un elemento importante para el conocimiento de este complejo período y explica el origen de algunas formas de novela y de poesía.

Con respecto a la "moral victoriana", escribe José Agustín Mahieu:[7]

---

[7] Mahieu, José Agustín: "Apéndice", en Rider Haggard, Henry: *Las minas del rey Salomón*, Madrid, Hyspamérica, 1982, pág. 242.

Análisis de la obra

La próspera Inglaterra victoriana [...] dictaba sus leyes al mundo en el comercio, las costumbres y la filosofía. En lo primero vendía sus productos a los demás, menos desarrollados en la técnica; en las costumbres impuso desde la sobria moda a la pacata moral (justamente llamada victoriana), que se apoyaba en la familia patriarcal, la moderación sexual y la consiguiente proscripción de las referencias a temas y objetos eróticos. Esta moral, más aparente que verdadera, puesto que las aberraciones sexuales victorianas y las crueldades cometidas en los países colonizados poco parecían tener que ver con las doctrinas de amor al prójimo, paz y pureza, impulsó sin embargo el vigor británico en sus empresas de dominio mundial y prosperidad material.

2. Ubicación de Stevenson en la narrativa del siglo XIX

La literatura narrativa inglesa alcanza, en el siglo XIX, una suerte de apogeo tanto por la cantidad como por la calidad de sus cultores. En esta constelación de autores muy destacados, Stevenson ostenta la peculiaridad de haber, no inaugurado, pero sí perfeccionado el relato de aventuras,[8]

---

[8] Henry Rider Haggard y Arthur Conan Doyle –casi coetáneos de Stevenson– son autores de dos obras clásicas de la novela de aventuras, *Las minas del rey Salomón* (1885) y *El mundo perdido* (1912), respectivamente, que pueden integrar el mismo conjunto con *La isla del tesoro*. Notemos que, fuera de Gran Bretaña, el relato de aventuras también ha sido cultivado, entre otros, por el francés Jules Verne (1828-1905) y el italiano Emilio Salgari (1863-1911).

que tiene, en el siglo XVIII, el antecedente ilustre y generador del *Robinson Crusoe* (1719) de Daniel De Foe (1660-1731), el "padre" de todas las ficciones de esa modalidad.

La primera mitad del siglo XIX inglés es pródiga en notables novelistas que, por diversas razones y desde distintos puntos de vista, convirtieron en caduca y anticuada la exitosa novelística inmediatamente anterior, cuya representante más cabal es la línea entre histórica y artificiosa que cultivó Walter Scott (1771-1832), el autor de la célebre *Ivanhoe*.

Estos nuevos narradores encuentran la materia de sus ficciones en la realidad que los circunda, y ya no escriben epopeyas sino, más modestamente, meras novelas, pero de contundente eficacia. Entre ellos, cabe citar, sin pretensión alguna de exhaustividad y a sabiendas de que hay, entre ellos, grandes diferencias conceptuales, a William Thackeray (1811-1863), Charlotte Brontë (1816-1855), Emily Brontë (1818-1848), George Eliot, seudónimo de Mary Ann Evans Cross (1819-1880), William Wilkie Collins (1824-1889) y George Meredith (1828-1901), y, por supuesto, al que alcanzó la mayor difusión universal, Charles Dickens (1812-1870).

En cambio, Stevenson tiene más afinidad generacional con otros escritores nacidos alrededor de la mitad del siglo XIX: Thomas Hardy (1840-1928), Oscar Wilde (1854-1900), Henry Rider Haggard (1856-1925), Joseph Conrad, seudónimo de Jósef Teodor Konrad Naleçz Korzeniowski (1857-1924), Jerome Klapka Jerome (1859-1927), Arthur Conan Doyle (1859-1930), James Barrie (1860-1937).

No por las fechas de nacimiento sino por las de publicación de sus obras, los siguientes escritores corresponden más al siglo XX que al XIX: Rudyard Kipling (1865-1936), Herbert George Wells (1866-1946), John Galsworthy (1867-1933), Max Beerbohm (1872-1956), Gilbert Keith Chesterton (1874-1936), William Somerset Maugham (1874-1965).

3. La obra de Stevenson

Stevenson vivió sólo cuarenta y cuatro años, lo cual no le impidió producir una obra muy extensa, que se desarrolló en apenas algo más de tres lustros: entre 1878 y el año de su muerte.

Aunque la parte mayor de su valor literario está centrada en su obra narrativa, lo cierto es que incursionó con fortuna también en la poesía, el teatro, el ensayo y la crítica literaria.

Sin embargo, al contestar a una entrevista del periódico *British Weekly* respecto de cuáles son los libros que lo han influido, Stevenson, en cuanto lector, confiesa y fundamenta su preferencia por la novela (que es, precisamente, el género que más cultivó como autor):

Los libros más decisivos y de influencia más duradera son las novelas. No atan al lector a un dogma que más tarde resulte ser inexacto, ni le enseñan lección alguna que deba posteriormente desaprender. Repiten, reestructuran, esclarecen las lecciones de la vida; nos alejan de nosotros mismos reduciéndonos a conocer a nuestro prójimo; y muestran la trama de la experiencia, no como aparece ante nuestros ojos, sino singularmente transformada, toda vez que nuestro ego monstruoso y voraz ha sido momentáneamente eliminado. A tal fin han de ser razonablemente fieles a la comedia humana; y cualesquiera obras de tal naturaleza sirven al propósito de instruirnos. De la andadura de nuestra formación intelectual dan mejor cuenta esos poemas y relatos en que se respira una atmósfera espiritual tolerante y se descubren personajes caritativos y desprendidos.

El conjunto de sus principales libros puede organizarse así:

a. **Novelas:** *La isla del tesoro* (1883), *El príncipe Otto* (1885), *La flecha negra* (1886), *Secuestrado, o sea Memorias de las aventuras de David Balfour en el año 1751* (1886), *El señor de Ballantrae* (1889), *Catriona* (1893), *Las noches en la isla* (1893), *Weir de Hermiston* (inconclusa y póstuma, 1896).

b. **Nouvelle:** *El extraño caso del Dr. Jekyll y Mr. Hyde* (1886).

c. **Cuentos:** *Nuevas noches árabes* (1882), *Los hombres alegres* (1894).

d. **Relatos de viajes:** *Viaje al continente* (1878), *Viajes en burro por las Cevennes* (1879), *Los pioneros del Silverado* (1883), *En los mares del sur* (1890).

e. **Poesía:** *El jardín de los versos de un niño* (1885).

f. **Ensayo y crítica:** *Virginibus puerisque* (1881).

4. El extraño caso del Dr. Jekyll y Mr. Hyde

Este trabajo, publicado en 1886, y en medio de la febril actividad literaria de Stevenson, constituye, por su extensión, lo que se ha dado en denominar con el vocablo francés *nouvelle* o con el neologismo español *novelín*. Es decir, es bastante más largo que un cuento pero no lo suficientemente para constituir una novela.

El extraño caso del Dr. Jekyll y Mr. Hyde y *La isla del tesoro* son, sin duda, las dos obras de Stevenson que alcanzaron mayor difusión y repercusión. Pero, si esta última es un clásico relato de aventuras, pleno de peripecias y de la alegría de contar, en aquella viven sombras y misterios que participan de lo inquietante y lo siniestro.

Se ha dicho, entre otras cosas, que este relato se anticipa a las teorías expuestas años más tarde por Freud sobre el desdoblamiento de la personalidad.

El núcleo narrativo está dado por el dualismo que existe en toda alma humana, que nunca es totalmente buena ni nunca totalmente mala, y que oscila, vacilante, entre el principio del bien y el principio del mal. Tal es la lucha que acompaña al ser humano desde su nacimiento hasta su muerte.

El Dr. Henry Jekyll, con su extraño experimento, busca un fin no menos extraño: terminar con la antítesis existente mediante la eliminación –él creía que temporal– de uno de los dos elementos que pugnan en cada personalidad humana. Al eliminar la parte positivamente ética de ella, se ve desembarazado de la conciencia y, por ende, de todo remordimiento; esta nueva vivencia lo hace sentir libre y feliz: feliz de poder cometer maldades sin escrúpulos que lo molesten antes ni sentimientos de culpa que lo hostiguen más tarde.

Ha nacido un nuevo ser, que en nada se parece al bondadoso, maduro y agradable doctor: ha nacido el joven y repulsivo Mr. Edward Hyde, en el que solo se agitan los ingredientes maléficos.

Desde luego que Stevenson, según corresponde a un narrador eficaz, nos presenta al Dr. Jekyll y a Mr. Hyde como dos personas distintas, de manera que el misterio nos resulta incomprensible durante buena parte de su desarrollo, hasta que el hilo narrativo nos va llevando a su esclarecimiento final.

De *El extraño caso...* ha opinado así E. F. Benson:[9]

El asunto es, con mucho, el más original de toda su producción; ni él ni nadie escribieron nunca un relato semejante a este, que une al horror de una historia de fantasmas el espíritu de los sermones. Es, en suma, una historia de un interés absolutamente único.

[9] Es decir, Edward Frederic Benson (1867-1940), crítico y ensayista inglés, autor también de obras de ficción.

Otros títulos de la serie

El diablo en la botella
Robert Louis Stevenson

El escarabajo de oro y otros cuentos
Edgar Allan Poe

El extraño caso del Dr. Jekill y Mr. Hyde
Robert Louis Stevenson

El fantasma de Canterville
Oscar Wilde

El matadero y otros textos
Esteban Echeverría

Frankenstein
Mary W. Shelley

La isla del tesoro
Robert Louis Stevenson

Los fabuladores y otros cuentos
Saki

Martín Fierro
José Hernández

Romeo y Julieta
William Shakespeare

[Índice]

ESTA PRIMERA EDICIÓN DE
6100 EJEMPLARES
SE TERMINÓ DE IMPRIMIR
EN EL MES DE FEBRERO DE 2008,
EN KALIFON S. A., RAMÓN L. FALCÓN 4307, C1407GSU,
CIUDAD DE BUENOS AIRES, REPÚBLICA ARGENTINA.